Ex Libris

Aus der Bibliothek von:

Pferdestarke girls

Marlene Jablonski

Pferdestarke girls

Vorsicht, Pferdekuss!

KOSMOS

Umschlaggestaltung von Ina Biber, München,
unter Verwendung einer Illustration von Sylvia Wolf, Wiesbaden
Innenillustrationen von Sylvia Wolf

Für Vanessa, in der ich mein Tabu gefunden habe

Bibliografische Informationen der Deutschen Nationalbibliothek
Die Deutsche Bibliothek verzeichnet diese Publikation in der Deutschen Nationalbibliografie; detaillierte bibliografische Daten sind im Internet über http://dnb.ddb.de abrufbar

ISBN 978-3-440-10777-5
Redaktion: Claudia Steinke
Gestaltung: Ralf Paucke und Tatyana Momot
Layout: DOPPELPUNKT Auch & Grätzbach GbR, Stuttgart
Produktion: Ralf Paucke
Printed in the Czech Republic/Imprimé en République tchèque

Vorsicht, Pferdekuss!

1. Kapitel, in dem ich etwas (Bestimmtes) suche und nichts (Besonderes) finde

Ich weiß, Tabu. Du wirst es mir wahrscheinlich nicht glauben. Aber stell dir vor. Der heutige Tag war sogar noch viel langweiliger als der gestrige.
Ja, gestern konnte ich wenigstens einer kleinen Raupe dabei zuschauen, wie sie sich in unserem neuen Garten den Bauch vollmampft. Und heute? Nichts. Na ja, abgesehen von Salvatores kleinem Unfall mit dem Hammer. Man sollte denken, dass ein waschechter Handwerker mit seinem Werkzeug umzugehen weiß. Aber nicht Salvatore. Oh, nein!
Mamas neuer Ehemann und mein frischgebackener Stiefvater ist nicht etwa ein kleiner Tollpatsch. Keineswegs! Salvatore ist ein riesiger Tollpatsch.
Letzte Woche hätte er sich doch beinahe den großen Zeh gebrochen. Und zwar als er beim Mauern versehentlich einen Ziegel fallen gelassen hat. Vorgestern wäre er dann fast vom Dach geplumpst und heute Vormittag – tja, da hat er sich mit einem großen Hammer einen Finger blau geschlagen.
Zielen war noch nie seine Stärke. Das sieht man ja auch an seinen T-Shirts. Was zielen mit T-Shirts zu tun hat? Ist doch glasklar! Salvatore zielt so schlecht, dass sein Essen statt in seinem Mund auf seinen T-Shirts landet.
Heute hat er Spaghetti mit Tomatensauce gegessen. Satt geworden ist dabei allerdings nur sein T-Shirt. Eigentlich ganz schön lustig!

Und wenn ich es mir recht überlege, dann habe ich es nur Salvatore zu verdanken, dass ich noch nicht vor Langeweile gestorben bin. Andererseits ist es nur seine Schuld, dass wir hier in diesem kleinen Kaff festsitzen.

Ja, hätte er nicht vor knapp zwei Monaten dieses uralte und sehr renovierungsbedürftige Fachwerkhaus ersteigert, wären wir auch ganz sicher nicht hierher gezogen. Ich müsste nach den Sommerferien nicht die Schule wechseln und hätte auch ganz bestimmt nicht meinen Vater verlassen müssen. Der lebt nämlich immer noch in Düsseldorf. Und obwohl ich ihn erst vor zwei Wochen gesehen habe und jeden zweiten Abend mit ihm telefoniere, vermisse ich ihn wirklich furchtbar. Ihn und Madame Silicia.

Du weißt doch noch, wer Madame Silicia ist, oder?

Blöde Frage. Klar weißt du das! Schließlich habe ich dir mehr als genug von ihr vorgeschwärmt.

Ich kann mich noch genau an unsere erste Begegnung erinnern. Es war vor etwa drei Jahren. Ich war damals gerade neun geworden, als Papa mit ihr auf dem Reiterhof aufgetaucht ist. Madame Silicias große, dunkle Pferdeaugen haben mich von der ersten Sekunde an total verzaubert. Ich konnte meinen Blick einfach nicht mehr von ihr wenden.

Und dann hat Papa mich plötzlich auf ihren Rücken gesetzt. Es war das erste Mal, dass ich ohne Sattel geritten bin. Danach stand mein Hintern in Flammen. Und glaub mir, Tabu, nicht einmal die Feuerwehr hätte ihn löschen können.

Aber was erzähle ich dir das alles? Du kennst die Geschichte ja schon in- und auswendig.

30. Juni

„Hmmmh", seufze ich gequält, lege den Stift auf mein Kopfkissen und drehe mich auf den Rücken.

Wenn ich mein Tagebuch mit meinen alten Geschichten nicht zu Tode langweilen will, dann sollte ich schleunigst irgendetwas Spannendes erleben. In der letzten Zeit hat es nämlich nichts als schnulziges Gelaber und Herzweh von mir zu lesen bekommen.

„Ich verspreche, dass ich dir bald etwas Aufregendes liefern werde, Tabu", sage ich entschlossen. Doch kaum habe ich den Satz beendet, zweifle ich auch schon selbst an meinen Worten.

In diesem Dorf ist doch nix los. Was sollte ich hier schon Spannendes erleben?

Ich klappe Tabu zu, lege es auf meinen Schreibtisch und verlasse mein Zimmer auf der Suche nach etwas Abenteuer.

Im Flur komme ich an Salvatore vorbei. Mit einem fetten Verband um den linken Zeigefinger streicht er gerade die Flurdecke. Dabei stellt er sich gar nicht mal so dumm an. Na ja, zumindest bis er in den Farbeimer tritt.

„O dio mio", flucht er auf Italienisch. Dabei versucht er verzweifelt, seinen Fuß aus dem Eimer zu befreien, bevor der ihn noch ganz verschlingt und als weißes Gespenst wieder ausspuckt.

Ich lache mich halb schlapp.

Salvatore ist Italiener. Und obwohl er schon seit fünf Jahren in Deutschland lebt, spricht er nur gebrochen Deutsch. Dafür beherrscht er blendend die Sprache der Liebe, sagt meine Mutter immer.

Die beiden verstehen sich auch ohne Worte. Seine Augen verraten Mama, was Salvatores Mund nicht sagen kann. Allerdings sprechen Salvatores Augen zu mir nie. Wer weiß, vielleicht verstehe ich einfach nur ihre Sprache nicht.

„Was ist das bloß für ein Lärm?" Meine Mutter kommt mit

einer handvoll Buntstiften bewaffnet aus ihrem Arbeitszimmer gestürmt. „Oh nein!“, sagt sie und versucht, sich das Lachen zu verkneifen, als sie Salvatores Fuß im Farbeimer erblickt. „Salvatore, Schatz. Du solltest doch die Decken streichen und nicht deine Turnschuhe.“

Unschuldig schaut Salvatore erst mich und dann meine Mutter an. Dann zuckt er nur kurz mit den Schultern, und sofort fangen meine Mutter und er an laut zu lachen.

Nach diesen gemeinsamen Lachanfällen folgt meistens Geknutsche. Und da ich gerade gegessen habe und das Essen auch bei mir behalten möchte, lasse ich die beiden lieber alleine und verziehe mich ganz schnell in den Garten.

Doch auch hier suche ich völlig vergebens nach etwas Aufregung. Hier herrscht ganz klar die gähnende Langeweile. Selbst die kleine Raupe hat sich in ein Kokon verpuppt und lässt sich nicht blicken.

Es ist so langweilig, dass ich tatsächlich überlege, mein Zimmer aufzuräumen.

In Düsseldorf wäre ich nie und nimmer auf so eine blödsinnige Idee gekommen. Ja, nicht einmal im Traum würde mir einfallen, mein Zimmer aufzuräumen. Wieso? Na, weil mein Zimmer schon aufgeräumt ist. In Düsseldorf hätte ich wirklich Besseres zu tun, als mein aufgeräumtes Zimmer aufzuräumen! Zum Beispiel mich mit meinem Vater treffen. Oder auf Madame Silicia reiten. Oder noch besser. Mich mit Papa treffen und auf Madam Silicia einen Ausflug machen.

Aber hier ...

Als ich kurze Zeit später wieder in meinem Zimmer ankomme, trifft mich fast der Schlag. Meine Mutter steht an meinem Schreibtisch und hält tatsächlich Tabu in ihren Händen.

„Was machst du da?!“, frage ich scharf.

„Nichts besonderes“, erwidert sie völlig ungerührt. „Ich suche nur nach einem schwarzen Stift. Meiner ist wie immer leer.“

„Sieht mein Tagebuch etwa wie ein Stift aus?“ Ich rupfe meiner Mutter Tabu aus den Händen.

„Nein, nicht wirklich. Aber ich dachte, dass sich vielleicht einer unter ihm versteckt.“

„Seit wann spielen Stifte denn Verstecken, hä? Selbst wenn sich der größte Schatz der Welt unter meinem Tagebuch verstecken würde, hätten deine Hände trotzdem nichts an ihm zu suchen. Was meinst du, weshalb mein Tagebuch Tabu heißt? Weil es einfach für alle tabu ist!“

„Ist ja schon gut, Miss Kleinlich“, sagt meine Mutter und streckt mir frech die Zunge raus.

„Die ist ja total rot“, bemerke ich, stemme die Hände in die Hüfte und schaue meine Mutter ernst an. „Sag mal, Mama, hast du etwa wieder heimlich deinen ganzen Vorrat an Kirschbrause verputzt?“

„Nein, hab ich nicht!“, kommt es wie aus der Pistole geschossen. „Ich habe unser beider Vorrat an Kirschbrause heimlich verputzt“, gesteht sie kleinlaut.

Meine Mutter ist süchtig nach dem Zeug. Sie arbeitet zu Hause als Illustratorin. Und während sie malt, schüttet sie täglich kiloweise Kirschbrause in sich hinein. Ich bin fest davon überzeugt, dass durch die Adern meiner Mutter kein Blut mehr fließt, sondern Kirschbrause.

2. Kapitel, in dem es von sprechenden Pferden, Stachelschweinen und Zimtzicken nur so wimmelt!

Heute morgen habe ich mir fest vorgenommen mich nicht zu langweilen! Haha! Und was habe ich bis jetzt getan? Mich gelangweilt. Doch damit ist jetzt Schluss! Und zwar endgültig.

Während meine Mutter sich mit Kirschbrause und einem Haufen Arbeit in ihrem Zimmer verschanzt hat und Salvatore mal wieder das Zielen übt, schnappe ich mir meinen Rucksack und verstaue vorsichtig Tabu darin.

Draußen schwinge ich mich dann auf meinen Drahtesel und trete in die Pedalen.

Während ich mit Vollgas den Waldweg entlangradle, geht mal wieder meine Fantasie mit mir durch. Denn auf einmal verwandelt sich mein Drahtesel in ein richtiges Pferd. Natürlich in Madame Silicia. Gemeinsam galoppieren wir durch den Wald. Der warme Wind bläst mir um die Ohren, und Madame Silicias lange, dunkle Mähne flattert wild umher.

„Schneller! Noch schneller!" Ich trete so kräftig ich nur kann in die Pedalen und habe das Gefühl, gleich abzuheben. Und urplötzlich kann ich Madame Silicia nicht nur sehen und spüren. Nein, ich kann sie auch riechen.

„Hüüü!" Ich drossle mein Pferd und schnuppere ein wenig intensiver.

Hey! Das bilde ich mir doch nicht nur ein. Hier riecht es tatsächlich nach Pferden.

Ich schaue mich etwas genauer um. In einigen Metern Entfernung entdecke ich einen kleinen Reiterhof. Ohne zu zögern steuere ich ihn sofort an.

Keine zwei Minuten später stehe ich vor einer eingezäumten grünen Weide.

Gelassen grasen dort zwei Pferde. Neugierig heben sie die Köpfe und mustern mich kurz. Und während sich die kleine Schimmelstute nicht weiter von meiner Anwesenheit stören lässt und sich genüsslich wieder dem saftigen Gras widmet, riskiert der alte Rappe neben ihr einen zweiten Blick in meine Richtung.

Ohne mich aus den Augen zu lassen, setzt er seinen etwas eingerosteten Körper in Bewegung und trottet im Zeitlupentempo auf mich zu.

„Hallo“, begrüße ich ihn freundlich und fast flüsternd, als er schließlich bei mir ankommt.

Ganz zutraulich beschnuppert mich der Pferdeopa.

„Iih, stinkt das hier!“, höre ich auf einmal.

„Tut mir echt leid. Aber ich bin gerade wie eine Wahnsinnige durch den Wald geradelt. Kann sein, dass ich da etwas geschwitzt habe. Fahr du ma... –“

Moment mal! Total verwirrt starre ich das Pferd vor mir an.

„Ha... hast du gerade etwas gesagt?“

Die Antwort auf meine Frage besteht aus einem lauten Wiehern. Allerdings kommt es nicht von dem Rappen vor mir, sondern von einem Mädchen, das direkt hinter mir steht. Lachend hält es sich den Bauch und kriegt sich gar nicht mehr ein.

Ich spüre, wie mir das Blut in den Kopf schießt. Ich brauche keinen Spiegel, um zu wissen, dass sich mein Schädel gerade in eine überreife Tomate verwandelt.

Ist das peinlich!

„Du – du bist echt der Brüller!", wiehert das Mädchen. Es ist etwa einen halben Kopf kleiner als ich, und ihre Haare sehen aus wie der Hintern von einem Stachelschwein.

„Also, wenn du wirklich glaubst, dass ein Pferd sprechen kann, dann bist du entweder verrückt oder die Tochter von Dr. Dolittle."

„Von wem?"

„Sag bloß, du kennst Dolittle nicht. Von welchem Planeten kommst du eigentlich?"

„Du meinst den Arzt, der mit Tieren sprechen kann?"

„Genau den meine ich", antwortet sie und tätschelt den Hals ihres Pferdes. Es ist ein verspielter kastanienfarbener Schecke mit einer unterbrochenen schmalen Blesse. Genüsslich kaut es auf ihrem kurzen Ärmel herum, als ob der aus Kaugummi wäre.

„Hey, hör auf damit, du kleiner Frechdachs! Ich hab dich ja auch zum Fressen gern und trotzdem tue ich es nicht!", meint sie breit grinsend zu ihrem Freund. „Das ist übrigens Sunny, mein Pferd", verkündet sie stolz.

„Hübsch! Ein süßer, sturer und alles fressender Isländer, was?"

„Hey, woher weißt du das?"

„Na, weil er mir das gerade erzählt hat", sage ich, worauf das Mädchen wieder anfängt zu lachen.

„Verrückt", murmelt es, stellt den linken Fuß in den Steigbügel, zieht sich hinauf und schwingt das rechte Bein über Sunnys Pferderücken.

„Übrigens", meint es, als es fest im Sattel sitzt. „Der nette Pferdeopa da neben dir heißt Marengo. Und das Gemecker gerade kam nicht von ihm, sondern von der Zimtzicke da drüben."

Ich folge ihrem Blick bis zu einem kleinen Platz direkt vor dem Pferdestall.

„Was sollen wir denn hier bloß, Mama?“, höre ich die Stimme von eben meckern. Sie gehört zu einem recht großen Mädchen mit mandelförmigen Augen und einer langen, roten Lockenmähne. Ihr schmaler Körper steckt in einem viel zu schicken Fummel.

„Können wir nicht endlich von hier verschwinden?“, quengelt sie. „Mensch, Papa! Jetzt sag doch auch mal was!“

Bevor der Vater jedoch auch nur ein einziges Wort sagen kann, klingelt auf einmal sein Handy.

„Eine Sekunde, Schatz“, flüstert der Vater und nimmt das Gespräch an.

„Römstein“, meldet er sich.

Sichtlich unzufrieden über das Verhalten ihres Vaters stemmt das Mädchen wütend die Hände in die Hüften und schnattert einfach etwas lauter.

„Hier stinkt es! Ich will endlich wieder nach Hause, bevor meine Haare noch diesen Mistgeruch annehmen! Hast du mich gehört?!“, ruft sie übertrieben laut in die Richtung ihres Vaters. Ohne auf seine Tochter zu reagieren, hält der Mann sich einfach das freie Ohr zu, geht ein paar Schritte und telefoniert ungestört weiter.

„Die Prinzessin ist schon seit heute Vormittag mit ihren Eltern hier“, sagt die Kleine mit der Stachelschweinfrisur zu mir. „Mit ihrer Stimme und dem dauernden Gemecker macht sie auf dem Reiterhof nur die Pferde verrückt. Na ja, so wie es aussieht, treibt sie hier nicht nur die Tiere in den Wahnsinn.“ Sie wirft mir einen vielsagenden Blick zu und reitet in einem gemütlichen Schritttempo in Richtung Pferdestall.

Ich schaue ihr hinterher, bis sie kurze Zeit später Sunny vor dem Pferdestall zum Stehen bringt.

„Guten Tag“, begrüßt sie die drei, während sie geschmeidig

von seinem Rücken gleitet und ihn vorbei an den Neulingen in den Pferdestall führt.

„Guten Tag“, erwidert die Frau höflich. Ihr Mann nickt kurz. Das Handy klebt immer noch wie angewachsen an seinem Ohr. Nur die Prinzessin auf der Erbse ignoriert die Kleine gekonnt. Stattdessen widmet sie sich ihrer roten Lockenpracht. Sie schnappt sich eine ihrer Haarsträhnen und schnuppert ganz vorsichtig daran.

„Igitt!!!“, kreischt sie auf einmal so laut, dass sich der Pferdeopa neben mir erschreckt und im Galopp das Weite sucht.

„Meine Haare stinken, als hätte ich sie mir mit Pferdeapfel-shampoo gewaschen!“ Sie bombardiert ihre Eltern mit giftigen Blicken. „Seid ihr jetzt zufrieden? Na, dann können wir ja endlich von hier verschwinden. Ich weiß sowieso nicht, was dieser bescheuerte Ausflug hierher soll!“

„Nur noch einen Augenblick, Sophie. Deine Überraschung kommt gleich“, versucht ihre Mutter sie zu beschwichtigen.

Genervt verdreht Sophie ihre grünen Augen.

Plötzlich klingelt schon wieder ein Handy. Doch diesmal ist es das ihrer Mutter.

Jetzt platzt Sophie so richtig der Kragen.

„Von mir aus könnt ihr euch hier ruhig weiter die Beine in den Bauch stehen und rumtelefonieren. Ist mir völlig schnuppe! Aber ich verschwinde!“ Sie dreht ihren Eltern den Rücken zu und marschiert sicheren Schrittes los.

„Sei doch nicht so stur, Sophie“, meint ihr Vater, nachdem er kurzerhand sein Telefonat beendet hat. „Deine Mutter und ich wollen dir doch bloß eine kleine Freude machen.“

„Vielen Dank!“ Sophie fährt herum. „Ich freue mich wirklich riesig, dass ihr hier ständig an euren Handys klebt und mich wie

Luft behandelt! Womit habe ich das bloß verdient?“

„Das ist nicht fair, Sophie. Du weißt ganz genau, dass deine Mutter und ich nur so viel arbeiten, damit du und deine Schwester es mal besser habt.“

„Wenn besser ohne Eltern heißt, dann herzlichen Glückwunsch! Es geht mir viiieeel besser!“

„Hört auf euch zu streiten!“, lenkt Frau Römstein ein. „Das sollte heute ein besonderer Tag werden. Dein Vater und ich, wir – wir haben ein Geschenk für dich.“

„Ich habe aber keinen Geburtstag. Und Weihnachten haben wir auch noch nicht.“

„Ach, Sophie.“ Ihre Mutter geht auf sie zu, legt einen Arm um die Schulter ihrer Tochter und drückt sie ganz fest an sich.

Sophies Gesicht wird weicher, sie schaut ihre Mutter sanft an und bekommt ganz glasige Augen.

Plötzlich klingelt erneut ein Handy. Im Nu versteinert Sophies Gesicht wieder und sie löst sich aus der Umarmung ihrer Mutter. In nur einem Augenblick verwandelt sich ihr eben noch so sanfter Blick in ein eiskaltes Starren.

Bevor Sophie ihre Eltern mit diesem Blick ganz durchbohren kann, fährt ein großer Transporter auf den Reiterhof.

Sofort huscht ein erleichterndes Lächeln über die Gesichter von Sophies Eltern.

„Na endlich!“, ruft Herr Römstein. „Wurde auch höchste Zeit.“

Ein langer, schlanker Mann steigt aus dem Auto aus. Zielstrebig geht er auf Sophies Eltern zu.

„Wir hatten einige Schwierigkeiten beim Aufladen“, erklärt er, während er ihnen kurz die Hände schüttelt. Anschließend marschiert er direkt nach hinten zum Transporter. Sophies Eltern folgen ihm neugierig.

Langsam entriegelt er die Tür des Transporters und lässt vorsichtig die Klappe herunter. Dann steigt er hinein. Kurz darauf ist aus dem Inneren ein lautes Schnauben zu hören. Es klingt irgendwie ängstlich und gleichzeitig doch sehr stark und kräftig.

Wie von einem gigantischen Magneten angezogen, gehe ich ein paar Schritte in Richtung Transporter. Neugierig starre ich in die dunkle Öffnung.

Eine Stute wird herausgeführt. Es ist eine wunderschöne Falbstute. Ihr seidiges, feines Fell glänzt in der Sonne wie reines Gold. Ihre lange Mähne und der Schweif sind hellblond und ihre Augen groß, dunkel und geheimnisvoll. Eine leuchtend weiße Schnurblesse ziert ihr feines Pferdegesicht.

„Ist sie nicht eine wahre Schönheit?“ Mit leuchtenden Augen und einem breiten Grinsen im Gesicht präsentiert der lange, dünne Mann die Stute.

Und was für eine!

Wie festgewachsen stehe ich da und kann meinen Blick kaum von diesem Pferd wenden. Alles andere um die Stute herum scheint auf einmal wie ausradiert. Es gibt nur noch sie, mich und meinen kaum zu zähmenden Drang, auf den Rücken dieses Pferdes zu steigen und im Galopp durch den Wald zu donnern.

Voller Anmut steht die Achal-Tekkiner-Stute da und lässt sich von allen Seiten bewundern. Von jedem! Von jedem außer von Sophie. Denn die scheint als Einzige nicht besonders beeindruckt zu sein von diesem Prachtpferd.

Skeptisch starrt sie das Tier an und macht es mit ihrem Blick ganz nervös. Unruhig fängt die Stute an zu tänzeln.

Das würde ich garantiert auch tun, wenn mich Sophie mit diesem Blick fixieren würde.

„Was ist das?“, fragt sie auf einmal total gelangweilt.

„Ein Pferd!“ Wie aus dem Nichts taucht auf einmal die Kleine von eben neben Sophie auf.

„Na, dass es kein Regenschirm ist, erkenne ich schon selbst“, erwidert Sophie zickig. „Aber was zum Kuckuck soll ich damit?“, wendet sie sich wieder an ihre Eltern.

„Mal überlegen“, fängt die Kleine ungefragt an. „Was könnte man mit einem Pferd machen? Hm. Entweder du stellst es in eine Vitrine und schaust es dir stundenlang an, oder du gehst damit ins Kino.“

Sophie durchlöchert die Kleine mit eiskalten Blicken. Doch das bringt sie auch nicht zum Schweigen. „Hey, ich hätte da noch eine dritte Idee“, meint sie. „Ich weiß zwar nicht, ob die nicht etwas zu gewagt ist, aber – aber wie wäre es, wenn du die Stute mal satteln und reiten würdest, hä? Ist das keine gute Idee?“

„Das ist eine bescheuerte Idee“, entgegnet Sophie schnippisch. „Hau ab! Das Ganze geht dich nichts an. Oder hat man dir etwa nicht beigebracht, dass man sich in die Gespräche anderer nicht einmischt?“

„Und hat man dir nicht beigebracht, das Nettsein keine Krankheit ist?“

„Lass gut sein, Leo“, ermahnt der lange, dünne Mann die Kleine und zwinkert ihr dabei zu.

„Aber Onkel Rolf ...“

„Leonie“, sagt der Mann etwas schärfer. Brummend verschränkt Leonie ihre Arme vor der Brust. Sophie lächelt triumphierend.

„Ja, und jetzt?“, fragt sie ihre Eltern total gleichgültig.

„Gefällt dir das Pferd etwa nicht?“, will ihr Vater wissen.

„Es gehört dir, Schatz“, meint ihre Mutter.

Nichts. Sophie verzieht keine Miene.

Nicht zu fassen! Da bekommt sie so ein Wahnsinnsgeschenk und weiß es noch nicht einmal zu schätzen. Ich würde vor Glück an unsere frisch gestrichene Decke gehen! Oder an Salvatores frisch gestrichene Turnschuhe. Ganz egal! Ich würde für dieses Pferd sonst wohin gehen.

„Na los, Sophie. Jetzt schau dir die Stute doch wenigstens einmal richtig an“, fordert ihr Vater sie freundlich auf.

„Ihr Name ist Aurora“, fügt ihre Mutter hinzu.

Der lange, dünne Mann hält Sophie die Zügel hin.

Widerwillig greift sie nach dem Leder. Aurora wird unruhig. Sophie schreckt zurück und lässt den Führstrick los. Als sie wieder nach ihm greifen will, macht die Stute ein paar Schritte rückwärts.

„Was ist los? Was hat der Gaul denn auf einmal?“, will sie wissen.

„Vielleicht mag es dich nicht“, antwortet Leonie, wie immer ungefragt.

„So ein Quatsch! Wieso sollte mich der Gaul nicht mögen? Ich hab ihm doch nichts getan.“ Sie greift wieder nach dem Führstrick.

Ohne Erfolg. Die Achal-Tekkiner-Stute weicht wieder vor ihr zurück. Sophie lässt nicht locker. Ganz vorsichtig macht sie zwei, drei, vier Schritte auf Aurora zu. Doch das Pferd weicht ihr erneut aus. Dabei schaut es Sophie ganz seltsam an. Ängstlich und gleichzeitig aggressiv. Doch außer mir scheint das niemand zu bemerken. Ich schaue von Aurora zu den Erwachsenen, die in ein Gespräch verwickelt sind, und wieder zurück.

Die Ohren der Stute sind jetzt ganz eng angelegt. Die Augen rollen unruhig in den Augenhöhlen. Immer wieder verlagert sie nervös ihr Gewicht von einem Bein auf das andere.

Ich weiß genau, was dieses Verhalten zu bedeuten hat. Und zwar nichts Gutes. Das weiß ich deshalb so gut, weil ich schon von klein auf immer mit Pferden zu tun hatte. Ich kenne sie und ihr Verhalten besser als mich selbst. Als Kleinkind habe ich mir oft gewünscht, ein Pferd zu sein.

Ohne zu überlegen lasse ich auf der Stelle mein Fahrrad fallen und eile zu der Stute.

Und das keine Sekunde zu früh. Ich komme gerade noch rechtzeitig, um Sophie beiseite zu schubsen, bevor Aurora sich aufbäumen und ihr eine mit den Vorderhufen verpassen kann.

Sophies Dankeschön besteht aus vier liebevollen Worten.

„Hey, du blöde Kuh!"

Ohne darauf einzugehen, greife ich nach dem Zügel und rede beruhigend auf Aurora ein.

„Ist ja gut, Aurora", flüstere ich mit weicher Stimme. Ich spüre die Blicke der anderen in meinem Rücken. „Du brauchst keine Angst zu haben, meine Hübsche. Es ist alles in Ordnung." Ich streichle sanft ihre Stirn.

Langsam aber sicher beruhigt sich die Stute wieder. Dafür regt sich jemand ganz anderes auf.

„Was hast du dir bloß dabei gedacht, junge Dame?", fährt mich der lange, dünne Mann von der Seite an. Seine Stimme ist zwar gedämpft, um Aurora nicht wieder zu beunruhigen, aber ich höre trotzdem den wütenden Unterton heraus. „Das war eine ganz gefährliche Situation, in die du dich da gebracht hast. Du hast richtig Glück gehabt, dass Aurora sich von dir hat beruhigen lassen. Stell dir vor ..." Er hält inne. „Mach so etwas nie wieder, in Ordnung?"

Ich schaue beschämt zu Boden und nicke.

„Du hast mir einen ganz schönen Schrecken eingejagt", fährt

der Mann fort, während Sophie sich den Dreck von ihrem teuren Designerkleid klopft.

„Tu mir bitte einen Gefallen, Mädchen." Der Mann schaut mich ganz ernst an.

Oh nein! Er wird mich jetzt sicher vom Hof schmeißen und mir verbieten, jemals wiederzukommen. Das ist nicht fair! Schließlich habe ich dieser Sophie gerade das Leben gerettet. Ich sollte als Heldin gefeiert werden und dafür einen Orden bekommen. Und was bekomme ich stattdessen? Den Titel „blöde Kuh" und lebenslanges Hausverbot auf diesem Reiterhof. Das ist so was von ungerecht!

Der Mann klopft Aurora den Hals und meint zu mir: „Führ sie doch bitte zur Weide, wenn du sie schon so sicher an dem Strick hast."

„Wie?" Ich traue meinen Ohren kaum.

„Ja, hörst du denn schlecht?"

„Sie schmeißen mich nicht raus?"

Der Mann lächelt.

„Bin ich denn von allen guten Geistern verlassen? Ich schmeiße doch niemanden vom Hof, der so gut mit Pferden umgehen kann", sagt er mit einem kurzen Seitenblick auf Sophie.

Mir fällt ein Stein vom Herzen.

„Heißt das, dass ich wiederkommen darf?"

„Aber natürlich." Mit einer kurzen Kopfbewegung deutet er an, dass ich endlich tun soll worum er mich gerade gebeten hat.

Wie gewünscht führe ich Aurora zur Weide. Dort löse ich den Strick von ihrem Halfter.

Nanu! Statt sofort wegzudüsen, bleibt Aurora direkt neben mir stehen und beschnuppert mich.

„Ich weiß, ich weiß", flüstere ich. „Ich stinke. Das hat mir schon der Pferdeopa da hinten erzählt. Ist übrigens ein ganz netter. Geh und freunde dich mit ihm an."

Doch Aurora denkt offenbar nicht einmal im Traum daran, mich jetzt zu verlassen. Mit ihren großen, sanften Pferdeaugen schaut sie mich an und bläst mir warmen Atem aus ihren Nüstern entgegen.

Jetzt treffen auch Sophie, ihre Eltern und der Reiterhofbesitzer ein und bewundern das stolze Tier, wie es so neben mir steht.

„Nun gut", meint Sophies Vater schließlich nach einem raschen Blick auf seine goldene Armbanduhr. „Es wird langsam Zeit. Ich würde sagen, wir gehen dann mal in ihr Büro, Herr Wiesner, und besprechen das Geschäftliche."

Der Reiterhofbesitzer nickt freundlich und geht voran. Sophies Eltern folgen ihm.

Doch als sie vor dem Büro ankommen, dreht sich Herr Römstein noch einmal zu mir um, hebt den Zeigefinger, als wäre ihm gerade ein Lichtlein aufgegangen, und kommt eiligen Schrittes wieder zurück.

„Hör zu – äh – ... wie heißt du eigentlich?"

„Pia."

„Du scheinst dich richtig gut mit Pferden auszukennen, was, Pia?"

„Hm." Ich nicke verlegen.

„Wo hast du das denn gelernt?"

„Mein Vater hat es mir beigebracht. Er ist Reitlehrer in Düsseldorf. Das erste Mal hat er mich auf ein Pferd gesetzt, da konnte ich kaum laufen", erinnere ich mich schmunzelnd und kraule Auroras Mähne.

„Hör zu, Pia. Ich möchte dich etwas fragen."

„Ja", sage ich schüchtern.

„Hättest du Lust, dich etwas um Aurora zu kümmern? Ich meine, vielleicht könntest du Sophie ein bisschen unter die Arme greifen. Sie kennt sich ja mit Pferden noch nicht so gut aus, und da wäre es nicht verkehrt, wenn du ihr bei der Pflege helfen könntest. Selbstverständlich würdest du auch etwas Taschengeld dafür bekommen. Na, was meinst du?"

Klar!!! Sofort! Wo soll ich unterschreiben?!

Am liebsten würde ich wirklich sofort zusagen. Doch der Blick in Sophies finsteres Gesicht hindert mich daran.

„Na, was ist?", hakt Herr Römstein nach. „Hast du nun Lust oder nicht?"

Ich werfe einen Blick auf Aurora, die freudig mit ihrem Pferdekopf nickt.

„Sehr gerne", antworte ich und streichle Aurora sanft über die Nase. Freudestrahlend schaut Herr Römstein erst mich und dann seine Tochter an. Die legt ihren Kopf schief und verzieht ihre Lippen zu einem künstlich Lächeln, das einen Blick auf ihre strahlend weißen Zähne freigibt.

„Schön!" Herr Römstein nickt. „Über Einzelheiten sprechen wir noch." Er setzt sich in Bewegung. „Sophie, kommst du auch?"

„Gleich", entgegnet sie.

Kaum ist ihr Vater verschwunden, starrt sie mich total verächtlich an.

„Ich kann auf deine Hilfe verzichten!", sagt sie. „Ich brauche dich nicht. Ich brauche niemanden, kapiert?!" Sie wirft ihre rote Lockenpracht nach hinten und stampft wütend davon.

Aurora stupst mich leicht von der Seite an. Ich streichle sie mit einem liebevollen Blick.

„Ja, ich weiß. Sophie braucht mich nicht. Aber ihr will ich doch auch gar nicht helfen. Sondern dir!"

Als ich abends an meinem Schreibtisch sitze, liegt vor mir eine von Tabus leeren Seiten. Und hinter mir ...

Ein toller Tag! Ein wirklich supertoller Tag, Tabu! Ich habe Aurora kennen gelernt. Warte, bis ich dir von ihr erzählt habe. Du wirst ganz bestimmt genauso von ihr begeistert sein wie ich. Stell dir vor. Sie sieht aus wie reines Gold. Aber sie ist viel mehr wert als alles Gold der Welt zusammen. Und dieses kostbare Geschöpf gehört Sophie. Einem total unfreundlichen und verwöhnten Mädchen. Du wirst sie sicher auch nicht mögen. Ihr größtes Hobby scheint das Meckern zu sein.
Sie sieht aus wie ein kleines Nachwuchsmodel. Die kennt sich doch allerhöchstens mit Nagellack und Lippenstift aus. Aber doch nie und nimmer mit Pferden.
Die arme Aurora. Sie tut mir jetzt schon super leid. Weißt du, wie Sophie sie genannt hat? Gaul! Ja, sie hat tatsächlich Gaul zu dieser Prachtstute gesagt. Ist das zu fassen?
Diese Sophie weiß gar nicht, wie viel Glück sie hat, so ein tolles Pferd zu haben. Sie hat Aurora nicht verdient. Ich weiß, das klingt ganz schön gemein von mir, aber sie hat Aurora wirklich nicht verdient. Und ich bin nicht die Einzige, die so denkt. Leonie ist der gleichen Meinung. Sie hat es zwar nicht gesagt, aber ich würde meine Hand dafür ins Feuer legen, dass sie es genauso sieht wie ich.
Ach ja, du weißt ja gar nicht, wer Leonie ist. Leonie ist ein Mädchen, das ich auch auf dem Reiterhof kennen gelernt habe. Sie glaubt, ich bin verrückt. Du willst bestimmt wissen wieso, was? Ähm – na ja ... das erzähle ich dir noch bei Gelegenheit. Jetzt bin ich zu müde. Gute Nacht, Tabu!
1. Juli

3. Kapitel, in dem ich ganz ungewollt zur Pflasterdiebin werde

Hab kaum geschlafen!

Bin über Salvatores Werkzeugkoffer gestolpert und von einem gigantischen Pickel im Spiegel angegrinst worden! Kurz gesagt – ein herrlicher Tag! Die Sonne scheint, die Vögel zwitschern und Aurora wartet!!!

Keine Zeit für mehr, Tabu.

Müssen los. Zum Reiterhof. Zu Aurora.

Da fällt mir ein, ich hab mir noch gar nicht die Zähne geputzt. Egal!

Mehr Futter für deine leeren Seiten gibt's später, mein Freund. Versprochen!

2. Juli

Ich klappe Tabu schnell und unsanft zu.

„Tut mir leid." Ich streiche sanft über seinen Deckel und schiebe es behutsam in meinen Rucksack.

Als ich an der Küche vorbeikomme, erscheint meine Mutter im Türrahmen.

„Wo willst du denn so früh hin?"

„Ich muss zum Reiterhof."

„Willst du denn nichts frühstücken?"

„Nicht nötig", erwidere ich, während ich in meine Turnschuhe schlüpfe. „Hab noch etwas von dem gestrigen Abendbrot zwischen den Zähnen. Das reicht locker bis heute Mittag."

„Nimm wenigstens einen Apfel mit." Sie wirft mir einen saftig roten Apfel zu. Doch statt in meinen Händen zu landen, erwischt mich der Apfel hart am Kopf, prallt ab, landet auf dem Boden und rollt davon.

„Aua!" Ich reibe mir die schmerzende Stelle an meiner Rübe.

„Kannst du nicht fangen?", fragt meine Mutter, statt sich bei mir zu entschuldigen.

„Du kannst nicht zielen!"

„Aha, jetzt willst du die Beule an deinem Kopf wohl mir in die Schuhe schieben, was?", meint sie lächelnd.

„Wenn es gehen würde, würde ich die Beule auf meinem Kopf nicht in deine Schuhe schieben, sondern auf deinen Kopf." Ich reiße die Haustür auf und halte plötzlich den losen Türgriff in meiner rechten Hand.

Salvatore! Dieser Kerl ist doch tatsächlich zu nichts zu gebrauchen! Statt etwas zu reparieren, macht er alles nur kaputt!

In diesem Moment taucht Salvatore auf. Er umklammert meine Mutter von hinten und drückt ihr einen fetten und feuchten Schmatzer auf die Wange.

Igitt! Ich verdrehe die Augen und mache mich schnell aus dem Staub.

Obwohl meine Mutter und Salvatore mittlerweile seit fast zwei Jahren verheiratet sind, benehmen sie sich immer noch wie frisch verliebte Teenager.

Ob Mama und Papa sich früher auch so benommen haben? Wenn ja, dann kann ich mich auf jeden Fall nicht mehr daran erinnern. Alles, woran ich mich noch erinnern kann, sind stundenlange Diskussionen, gefolgt von tagelangen Sendepausen zwischen den beiden.

Seit die beiden nicht mehr zusammen sind, verstehen sie sich viel besser. Und ich verstehe nur Bahnhof!

Mittlerweile radle ich bereits durch den Wald, in Richtung Reiterhof.

Auf einmal werde ich von einer kleinen Gruppe aus meinen Gedanken gerissen. Alle sind hoch zu Ross, bester Laune und reiten an mir und meinem Drahtesel vorbei.

Ich halte an und schaue ihnen etwas sehnsüchtig hinterher.

Was würde ich jetzt bloß dafür geben, mit einem von ihnen tauschen zu können? Statt auf meinem zerfledderten Fahrradsattel auf dem Rücken eines dieser Pferde zu sitzen und durch den Wald zu galoppieren?

Ich denke an Aurora und an das Angebot von Herrn Römstein.

Hätte er mir nicht statt Geld eine kleine Reitbeteiligung anbieten können? Oder war die etwa inklusive?

Mit dieser Frage im Hinterkopf setzte ich meinen Weg zum Reiterhof fort. Ich kann es wirklich kaum erwarten, Aurora endlich wiederzusehen. Nur zu blöd, dass Sophie bei diesem Wiedersehen wahrscheinlich auch dabei sein wird.

Nachdem ihre Eltern gestern alle Formalitäten mit dem Reiterhofbesitzer geklärt haben, konnte sie es kaum erwarten, endlich vom Hof zu kommen. Sie hat sich nicht einmal von Aurora verabschiedet. Und mir hat sie zugezischt: „Komm mir bloß nicht in die Quere!"

Keine Sorge! Das habe ich garantiert nicht vor. Schließlich hänge ich an meinem jungen Leben.

Nachdem Sophie dann verschwunden war, hatten Aurora und ich einen wunderschönen Nachmittag. Es war der schönste seit langem. Die Achal-Tekkiner-Stute und ich verstehen uns so gut, als würden wir uns schon seit einer Ewigkeit kennen. Ohne

Schwierigkeiten hat sie sich von mir putzen, striegeln und in ihre neue Box bringen lassen. Es ist übrigens eine wirklich sehr schöne Box. Sie hat eine niedrige Boxentür, sodass Aurora ohne Schwierigkeiten drüberschauen kann. Sie ist hell, luftig und sehr geräumig. An der Seite befindet sich ein großes Fenster, aus dem Aurora nach Lust und Laune ihren schönen Pferdekopf strecken kann. Und das Beste an der Box sind die Nachbarn. Direkt gegenüber wohnt Marengo, der nette Pferdeopa. Links von Aurora befindest sich Sunnys Box und rechts von ihr haust eine superliebe Apfelschimmelstute.

So schnell ich nur kann biege ich auf den Waldweg ein, der direkt zum Reiterhof führt. Von hier aus ist es nicht mehr weit.

Als der Reiterhof in Sicht kommt, klingelt auf einmal mein Handy. Ich bleibe stehen und krame es aus meinem Rucksack heraus. Ich schaue auf das leuchtende Display und drücke auf den grünen Hörer.

„Hallo, Mama. Was gibt's?", melde ich mich kurz angebunden.

„Störe ich dich?"

„Ja!"

„Gut. Sag mal, Pia. Könntest du später vielleicht Pflaster aus der Apotheke mitbringen?"

„Aber Mama. Ich fahre doch zum Reiterhof. Ich kann dir höchstens ein paar Pferdeäpfel mitbringen."

„Lieb von dir, mein Schatz. Aber ich bevorzuge Bananen. Was ist denn jetzt mit den Pflastern? Du willst doch nicht, dass Salvatore verblutet, oder?"

„Was hat er denn jetzt schon wieder angestellt?"

„Er wollte den Griff wieder an der Tür anbringen. Leider ist das Einzige, das er an der Tür angebracht hat, sein Blut."

„Ist es schlimm?", frage ich besorgt.

„Nein. Nicht wirklich. Es ist nur eine ganz kleine Wunde. Wahrscheinlich hat sie sogar schon aufgehört zu bluten, aber wir brauchen trotzdem Pflaster. Bringst du welches mit?“

„Schon gut. Auf dem Nachhauseweg schaue ich in der Apotheke vorbei.“

„Aber vergiss es nicht! Am besten du besorgst es gleich. Dann hast du es aus dem Kopf.“

„Jaja, ist gut. Mach ich.“

„Danke! Du bist ein Engel. Bye!“

Nachdem ich mein Handy wieder im Rucksack verstaut habe, drehe ich um und fahre schnell in die Stadt.

Sie ist zwar nicht sehr weit weg von hier, aber es ist trotzdem ein kleiner Umweg. Und der verzögert mein Wiedersehen mit Aurora. Und alles, was mein Wiedersehen mit Aurora verzögert, ist lästig. Ganz einfach!

In der Stadt steuere ich schnurstracks die nächstbeste Apotheke an.

Beim Öffnen der Tür ertönt ein seichtes Glockenspiel.

„Guten Tag“, sage ich höflich, als ich den kleinen Laden betrete.

„Hi!“, kommt es wie aus der Pistole geschossen zurück. Vor mir steht ein Junge in einem viel zu großen weißen Kittel. Er hat dunkelbraunes Haar und kastanienfarbene Augen, die mich wie zwei Sterne anstrahlen.

Verwirrt schaue ich mich in der Apotheke um.

Hier muss doch irgendwo der richtige Apotheker herumschwirren. Dieser Bursche da ist doch kaum älter als ich.

„Wonach suchst du? Vielleicht kann ich dir helfen.“

„Ich – ich brauche nur ein paar Pflaster. Oder vielleicht besser doch ganz viele.“

„Hast du dich etwa geschnitten? Lass mich lieber mal sehen.“

„Ist nicht für mich."

„Was soll es denn für Pflaster sein?"

„Pflaster eben", sage ich leicht überfordert.

„Ganz normales, schlichtes? Mit Bärchen, Blümchen, Vögeln? Ich hab hier auch neongelbe, grüne, rote, blaue ..."

„Das ist mir total egal. Einfach irgendwelches Pflaster."

Der Junge dreht sich um, öffnet eine Schublade und holt verschiedene Päckchen mit Pflastern heraus. Dann legt er sie auf den Tresen und grinst mich an.

Verunsichert versuche ich, seinem Blick standzuhalten. Doch es klappt einfach nicht. Beschämt schaue ich schnell auf die Pflaster und suche einfach irgendeine Packung aus.

„Was macht das?", frage ich total schüchtern die Pflaster.

„Das macht dann genau ein breites Lächeln und ...!" Bevor der Junge seinen Satz beenden kann, lächle ich schnell den Tresen an, schnappe mir die Packung mit den Pflastern, drehe mich um und renne drauflos. Und zwar genau gegen die Glastür. Autsch! Ich schaue das kleine Schild an, das an der Tür in meiner Augenhöhe klebt. ZIEHEN! – steht da in großen Buchstaben geschrieben.

Wie peinlich!

Ich greife schnell nach der Klinke, reiße dir Tür auf und stürme hinaus, als wäre der Teufel höchstpersönlich hinter mir her.

Als ich mich auf mein Fahrrad schwinge und gerade in die Pedalen treten möchte, geht auf einmal die Tür der Apotheke auf. Wie von einer Tarantel gestochen stürmt nun auch der kleine Apotheker hinaus. Gefolgt von einem wütenden Mann, der wild mit den Armen in der Luft wedelt.

„Los, verschwinde hier! Wie oft habe ich dir schon gesagt, dass die Apotheke kein Spielplatz ist und du dich nicht hinter den Tresen stellen sollst, wenn Kundschaft kommt?"

Frech grinsend dreht sich der Junge während des Laufens um. „Nicht oft genug!“, meint er, zwinkert mir zu und flitzt davon. Während ich ihm verwirrt hinterherschaue, hebt er nur kurz seine Hand und ruft: „Bis bald, Pflastergirl!“

Pflastergirl?, wiederhole ich in Gedanken, als ich mich kurze Zeit später wieder auf dem Weg zum Reiterhof befinde.

Was war denn das für ein seltsamer Kautz? Jungs sind doch echt komisch! Zum Glück hatte ich noch nie allzu viel mit ihnen am Hut. Sie sprechen zwar angeblich dieselbe Sprache wie Mädchen, trotzdem verstehe ich sie überhaupt nicht. Manchmal glaube ich, die verstehen sich nicht einmal selbst. Alles, was die gut können, ist schubsen, treten, balgen und laut rülpsen.

Mit meiner zwölfjährigen Lebenserfahrung bin ich schon früh dahintergekommen, dass man mit Jungs nur dann befreundet sein kann, wenn man entweder selbst einer ist oder wenn man komplett verrückt ist. Und da ich weder das eine noch das andere bin, bin ich lieber mit Pferden befreundet. Da weiß ich wenigstens, woran ich bin. Und *wo* ich gerade bin, weiß ich auch. Und zwar endlich auf dem Reiterhof!

Ich verjage den kleinen Apotheker aus meinen Gedanken und denke nur noch an Aurora. Blöderweise schleicht sich auch sofort Sophie in meinen Kopf.

Die hätte ich jetzt beinahe total vergessen. Hoffentlich hat auch ihr Gedächtnis Lücken und sie hat vergessen herzukommen. Auf ihr mürrisches Gesicht und das dauernde Gemecker hab ich wirklich keine Lust!

Während ich mein Rad gegen die Hauswand lehne, schaue ich mich suchend um.

Hier draußen kann ich sie schon mal nicht entdecken. Und auch im Pferdestall ist keine Spur von ihr.

Tja. Wie es scheint, wurde mein Wunsch tatsächlich erhört. Sophie ist nicht hier. Es sei denn, sie hat sich in einen gigantischen Haufen Pferdemist verwandelt. Wundern würde es mich nicht. Bei dem ganzen Mist, den sie ständig von sich gibt.

Erleichtert stehe ich vor Auroras Box. Mit einem freudigen Schnauben begrüßt sie mich. Ich vergrabe meinen Kopf in ihrer seidigen Mähne.

„Na, du warst aber fleißig", sage ich und werfe einen Blick auf den riesigen Haufen Pferdeäpfel in einer Ecke ihrer Box.

„Tja. Von nix kommt nix." Neben mir steht die Kleine von gestern.

„Hallo", begrüße ich sie lächelnd. „Leonie, stimmts?"

„Falsch!"

„Aber dein Onkel hat dich gestern doch so genannt."

„Das ist richtig. Aber ich heiße nicht Leonie, sondern Leo!"

„Verstehe."

„Eigentlich hättest du auch von selbst darauf kommen können."

„Und wie?"

„Na, ganz einfach. Leonie. L-E-O-N-I-E. Fällt dir was auf?"

Ich denke einen Augenblick nach.

„Nö", sage ich schließlich.

L-E-O-N-I-E verdreht ihre blauen Augen.

„Menschenskinder. Das ist doch ganz simpel. Außer Leo steckt in dem Namen Leonie das Wort NIE. Und das steckt nicht völlig umsonst drin. Es bedeutet nämlich, dass man es nie ausspricht, kapiert?"

„Kapiert. Ich werde es mir merken, Leo ohne NIE."

„Gut. Hey! Das ist aber wirklich ein mächtiger Haufen", bemerkt auch Leo nach einem raschen Blick in Auroras Box. „Da hast du aber ganze Arbeit geleistet, Mädchen." Sie klopft Auroras

Hals. Dann schaut sie mich mitleidig an. „Soll ich dir helfen, den Mist wegzumachen?“

„Würdest du das tun?“

„Aber klar! Wir teilen uns die Arbeit auf. Ich sage dir, wo du die Schubkarre und die Mistgabel findest, und du brauchst dann nur noch den Mist wegzumachen.“

„Danke. Aber das weiß ich schon.“

„Umso besser. Damit wäre dann wohl mein Teil der Arbeit erledigt. Wenn du mit deiner Mistarbeit fertig bist und Lust hast, dann führe ich dich hier ein wenig herum und zeig dir alles.“

„Gerne“, sage ich.

„Gut. Wir treffen uns in eineinhalb Stunden vor der Weide. Okay?“

Ich nicke, bringe Aurora auf die Weide und mache mich schnell ans Ausmisten.

Eine Stunde später steht Aurora immer noch im Grünen und ich bin fix und fertig. Dafür ist ihre Box jetzt wieder lupenrein!

Während ich an der Weide auf Leo warte, beobachte ich Aurora beim Grasen. Sie sieht einfach toll aus. Ich kann Sophie beim besten Willen nicht verstehen. Wie kann man so ein tolles Tier bloß verschmähen?

Als hätte Aurora meine Gedanken gelesen, hebt sie auf einmal ihren hübschen Kopf und schaut mich an. Ich lächle. Sofort setzt sie sich in Bewegung und trabt auf mich zu. Es ist ein tolles Gefühl, wenn so ein großartiges Tier völlig freiwillig zu einem kommt. Für mich ist es wie ein Kompliment, für das ich superdankbar bin. Denn die Zuneigung und das Vertrauen eines Pferdes zu gewinnen, ist nicht immer einfach. Im Gegenteil. Das Tier muss sich bei einem besonders gut aufgehoben und verstanden fühlen, bevor es einem sein Vertrauen zum Geschenk macht.

Ich zaubere ein kleines Stückchen Zucker aus der Hosentasche.

„Lass es dir schmecken, meine Schöne." Ich halte Aurora den süßen Leckerbissen hin.

„Kriege ich auch einen?" Auf einmal steht Leo neben mir und schaut mich mit leuchtenden Augen an.

Ich fische noch einen Zuckerwürfel aus meiner Tasche.

„Bitte sehr."

„Danke!" Leo schnappt sich den Zucker, wirft ihn in die Luft und fängt ihn mit ihrem Mund auf. „Mmmmmh! Lecker."

Zwei Minuten später schlendern wir nebeneinander über den Hof. Während Leo mir alles zeigt, verdrücken wir beide einen Zuckerwürfel nach dem anderen, bis nur noch ein einziger übrig ist. Aus gierigen Augen starren wir beide den süßen Würfel in meiner Hand an.

„Hier", sage ich schließlich. „Nimm du ihn."

„Schon gut. Iss du ihn ruhig. Ich hab sowieso schon viel zu viele Zuckerwürfel im Magen."

„Ach was! Nimm schon."

„Weißt du was? Wir behalten den Würfel einfach und teilen ihn uns irgendwann."

„Einverstanden."

„Schau mal", meint Leo auf einmal, während ich den Würfel wieder in meiner Hosentasche verschwinden lasse. „Siehst du die da hinten?" Sie deutet auf ein Mädchen mit langen schwarzen Haaren und roten Pausbäckchen. Es sieht aus wie Schneewittchen und ist etwa in unserem Alter. Zusammen mit ein paar anderen Mädels steht es an der Koppel und unterhält sich mit ihnen.

„Das ist Monika", meint Leo. „Die ist total in meinen Cousin verschossen." Sie lacht sich ins Fäustchen. „Die Blonde neben ihr heißt Julia. Die hat sogar schon mal einen Jungen geküsst", flüstert Leo geheimnisvoll.

„Na und?" Ich zucke mit den Schultern. „Was ist denn schon dabei?"

Leo schaut mich total entgeistert an.

„Sag bloß, du hast auch schon mal einen Jungen geküsst."

„Einen? Duzende!"

„Echt?"

„Klar! Jedes Mal, wenn meine Opas zum Beispiel Geburtstag hatten. Da habe ich ihnen jeweils ein Küsschen auf die linke und ein Küsschen auf die rechte Wange gegeben."

„Ach so." Leo verdreht enttäuscht ihre Augen.

„Was?"

„Sag mal. Bist du wirklich so begriffsstutzig oder tust du nur so?"

„Du meinst, diese Julia hat so richtig ...?"

„Natürlich nicht! Es ist doch immer falsch, einen Jungen zu küssen. Igitt! Schon bei dem Gedanken daran wird mir ganz übel. Apropos übel. Da ist ja Sören. Immer wenn ich den sehe, wird mir auch ganz komisch."

„Wo?"

„Na, da. Das ist der Typ, der da vorne auf der Schimmelstute sitzt. Er ist der größte Angeber, den es überhaupt gibt. Wenn er in deine Nähe kommt, dann renn. Renn, so schnell du kannst. Es sei denn du hast Hunger."

„Hä?"

„Ja. Wenn er dich kriegt, dann labert er dir ein Kilo Frikadellen ans Ohr."

Ich schaue noch einmal zu Sören hinüber. Wie es aussieht hat der bereits ein hungriges Opfer gefunden.

„Die arme Susi", meint Leo kopfschüttelnd.

„Sollen wir ihr nicht helfen?"

Leo wirft mir einen bösen Blick zu. „Bist du verrückt?! Für sie ist es jetzt sowieso zu spät. Wenn es um Sören geht, ist jeder auf sich allein gestellt." Sie schaut ein letztes Mal mitleidig zu Susi hinüber. Dann packt sie mich am Handgelenk und zieht mich weiter. „Komm schon. Sie wird es überleben."

Noch etwa eine halbe Stunde führt Leo mich auf dem Reiterhof ihres Onkels herum. Zu jedem der Reiter und Pferde hat sie eine kleine Geschichte auf Lager. Der Rundgang mit ihr ist wirklich sehr spannend. Dabei erfahre ich nicht nur eine Menge über die anderen, sondern auch ganz viel über Leo selbst. Zum Beispiel weiß ich jetzt, dass sie drei Brüder hat: Florian, Jannik und Sebastian. Neunzehn, fünfzehn und dreizehn. Sebastian ist angeblich supergemein. Ständig spielt er ihr irgendwelche dummen Streiche und geht ihr damit gewaltig auf die Nerven. Und Florian, der Älteste, soll das genaue Gegenteil von Sebastian sein. Leider zieht der in wenigen Wochen weg. Zivildienst.

„Na, wenigstens bleibt mir noch meine Oma. Sie ist die Beste! Wenn wir unsere Köpfe zusammenstecken, dann kann Sebastian einpacken!"

Plötzlich bleibt Leo wie angewurzelt stehen.

„Wie spät ist es?"

Ich werfe einen Blick auf meine Armbanduhr. „Kurz vor vier", antworte ich.

„Ach du Schande! Ich muss ganz schnell nach Hause. Ich habe meiner Mutter versprochen, ihr heute im Laden auszuhelfen."

„Ihr habt einen Laden?"

„Nichts Besonderes", antwortet sie, während sie sich mit mir im Schlepptau auf den Weg zu ihrem Fahrrad macht. „Es ist ein Hofladen. Wir verkaufen dort alles, was wir auf unserem Bauernhof anbauen. Kartoffeln, Zwiebeln, Möhren, Radieschen, Äpfel und so`n Zeug. Hör zu, Pia. Ich hab jetzt leider keine Zeit mehr." Sie schwingt ihren kleinen Hintern auf den Sattel. „Ich muss ganz schnell los. Aber gleich kommt mein Cousin. Ich hab ihm von dir erzählt. Er wird dir sicher gerne den Rest zeigen." Sie tritt in die Pedalen. „Wir sehen uns morgen!", ruft sie, ohne sich noch einmal umzudrehen. „Und lass dich ja nicht von meinem Cousin ärgern!" Damit verschwindet sie endgültig vom Hof.

Bevor ich Aurora von der Weide hole, mache ich einen kleinen Abstecher in die Gerätekammer. Dort hole ich einen Putzkasten. Ich stelle ihn an der Putzstelle ab und marschiere gleich weiter. An der Weide schnalze ich nur einmal mit der Zunge. Sofort drehen alle Pferde ihre Köpfe in meine Richtung. Doch nur zwei davon setzen sich in Bewegung, als sie mich erblicken. Das eine Pferd ist Aurora und das andere Marengo. Beide trotten gemütlich nebeneinander zu mir.

Als sie gleichzeitig bei mir ankommen, streichle ich erst Auroras Nase. Dann klopfe ich Marengos Hals.

„Was ist denn los, Kleiner?", frage ich ihn. „Willst du etwa mitkommen?" Er nickt und stupst mich zärtlich an. „Tut mir leid, mein Freund. Ich hab leider nur zwei Hände. Und beide brauche ich, um Aurora zu striegeln. Aber hier hab ich was für dich."

Ich zaubere aus meinem Rucksack den Apfel, den mir meine Mutter heute Morgen an den Kopf geworfen hat, und halte ihn Marengo hin.

„Das schmeckt dir, was?" Ich streichle noch einmal seinen Hals. Dann befestige ich einen Strick an Auroras Halfter und führe sie von der Weide. Dabei schaue ich mich immer wieder zu Marengo um, der nach wie vor am Gatter steht und uns nachschaut.

Am liebsten würde ich sofort zu ihm zurücklaufen. Aber ich muss unbedingt noch Aurora putzen, bevor ich gleich nach Hause fahre, um etwas zu futtern.

Während Marengo sich wieder zu den anderen Pferden gesellt, binde ich Aurora mit einem Panikhaken an der Putzstelle an und striegle sie. Dabei lasse ich mir besonders viel Zeit.

Heute ist wirklich ein herrlicher Tag. Die Sonne scheint, die Vögel zwitschern fröhlich, und Aurora lässt gerade eine frische Ladung Pferdeäpfel fallen. Und das mitten im Hof! Schnell lege ich den Gummistriegel wieder zurück in den Putzkasten und hole Mistgabel und Eimer.

Nachdem ich Auroras Mist aufgesammelt habe, stelle ich den vollen Eimer erst mal zur Seite. Ich schnappe mir eine Wurzelbürste und putze Auroras Rücken und ihre Beine. Die gleichmäßigen Bewegung der Bürste wirken wie eine angenehme Massage, die sich Aurora nur zu gerne gefallen lässt und dabei total entspannt.

„Hi!", ertönt plötzlich eine Jungenstimme hinter mir.

Moment mal! Diese Stimme kenne ich doch irgendwoher. Ruckartig drehe ich mich um, verliere das Gleichgewicht, komme ins Schwanken, stolpere über den vollen Eimer und falle hin.

„Na, das ist ja mal eine tolle Begrüßung. Aber es ist wirklich nicht nötig, dass du vor mir auf die Knie gehst. Ich bin zwar anbetungswürdig, aber nicht so, Pflastergirl", sagt der Junge lachend und hält mir eine Hand hin, um mir wieder auf die Beine zu helfen. Ohne seine Hilfe anzunehmen, rappel ich mich auf.

„Keine Sorge", sagt der Junge und grinst mich frech an. „Du kannst mich ruhig anfassen. Ich habe keine ansteckende Krankheit."

„Das habe ich auch gar nicht behauptet“, entgegne ich, schnappe mir den Eimer und mache mich damit auf den Weg zum Misthaufen.

„Übrigens. Ich heiße Josh“, stellt sich der kleine Apotheker vor, während er mir wie ein Schatten folgt. „Und wie ist dein Name?“

„Ganz bestimmt nicht Pflastergirl.“

„Und was davon ist jetzt dein Vorname? Ganzbestimmt oder nicht?“

„Weder noch! Ich heiße Pia.“ Ich schütte den vollen Eimer über dem riesigen Haufen Mist aus, spüle ihn kurz aus und marschiere zurück zu Aurora. Dort greife ich nach dem Putzkasten. Doch bevor ich ihn zu packen bekomme, kommt mir Josh zuvor.

„Ich helfe dir tragen“, sagt er locker und begleitet mich in die Gerätekammer, wo ich den Eimer abstelle und er den Putzkasten verstaut.

„Gefällt dir der Hof?“, will Josh aus heiterem Himmel wissen, als wir wieder bei Aurora ankommen.

Ich nicke, ohne ihn anzusehen. Dann löse ich den Knoten, mit dem ich Aurora zum Putzen angebunden habe, und bringe sie in den Pferdestall. Josh klebt mir immer noch an den Fersen.

„Der Hof gehört meinem Vater“, sagt er.

„Dann bist du ja Leos Cousin“, stelle ich fest, während Aurora freiwillig in ihre Box spaziert.

„Scharf kombiniert, Sherlock Holmes.“

„Sie hat mich vor dir gewarnt.“

„So?“ Er lacht. Dabei kommen zwei süße – äh – ich meine, zwei Grübchen zum Vorschein. „Mich hat sie jedenfalls nicht vor dir gewarnt. Sie hat nur gesagt, dass du echt nett bist“, grinst er. „Und da hat sie nicht gelogen“, fügt er hinzu.

Ich spüre, wie mir die Röte ins Gesicht steigt.

„Da fällt mir ein ..." Er kratzt sich am Hinterkopf. „Sie hat nicht nur gesagt, dass du nett bist."

„Sondern?"

„Sie meinte, du wärst echt nett und total verrückt. Wieso, wollte sie mir allerdings nicht verraten."

Ich lache verlegen. „Es – es muss echt toll sein, auf einem Reiterhof zu leben", lenke ich schnell ab und lasse meinen Blick schweifen.

„Das ist es. Nur leider wohne ich nicht mehr hier." Betrübt vergräbt Josh seine Hände ganz tief in den Hosentaschen. „Meine Eltern sind zwar noch nicht geschieden, aber sie leben getrennt."

So ein Fettnäpfchen!

„Verstehe", murmele ich.

Ich bin doch echt bescheuert! Aber woher sollte ich denn riechen, dass Joshs Eltern genau wie meine voneinander getrennt sind?

„Schon okay." Lässig winkt Josh ab. „Ich wohne zwar bei meiner Mutter und ihrem Freund, das war der Typ aus der Apotheke vorhin. Aber trotzdem bin ich die meiste Zeit des Tages hier auf dem Reiterhof. Ja, seit der Trennung meiner Eltern hat sich kaum etwas für mich geändert. Ich sehe meinen Vater immer noch fast jeden Tag."

„Im Ernst?"

„Klar!"

Der Glückliche! Kann seinen Vater so oft sehen, wie er möchte. Ich hingegen kann nur das Foto von meinem Vater sehen, so oft ich möchte.

„Hey, Josh!" Ein Junge mit kurzen, blonden Locken kommt auf uns zugeritten.

Josh hebt seine rechte Hand und winkt dem Jungen zu.

„Das ist Olli", klärt er mich auf, während er ihm langsam entgegengeht. „Mein bester Freund."

„Lust auf ein kleines Wettrennen?", will Olli von Josh wissen, als er seinen Wallach vor uns zum Stehen bringt. Es ist ein Brauner.

„Hast du dich etwa schon von deiner letzten Niederlage erholt?", witzelt Josh.

„Das letzte Mal haben Merlin und ich euch doch extra gewinnen lassen", stichelt Olli.

„Von wegen. Unseren Staub habt ihr gefressen!"

„Na los! Hol schon deinen kleinen Mustang. Dann sehen wir ja, wer wessen Staub zu fressen bekommt!"

Die Einzige, die an diesem Nachmittag Staub zu fressen bekommen hat, war ich, mein Tabu. Und zwar als Josh und Olli kurz darauf auf ihren Pferden vom Hof galoppiert sind.
So ein Angeber, dieser Josh! Schmiert mir den ganzen Nachmittag aufs Brötchen, wie oft er seinen Vater sehen kann. Doch das ist noch nicht alles. Außerdem hat er einen besten Freund, der nicht nur wiehern, sondern auch sprechen kann, und ein eigenes Pferd, auf dem er nach Lust und Laune reiten darf! Alles sehr gute Gründe, diesen Angeber nicht zu mögen. Und warum tue ich es dann trotzdem? Ach du grüne neune! Hab ich da gerade etwa geschrieben, dass ich Josh mag? Wehe, du verrätst es jemandem, Tabu!
2. Juli

4. Kapitel, in dem ich mein Allerheiligstes verliere

Sanft werde ich am nächsten Morgen von den ersten Sonnenstrahlen des Tages geweckt. Dabei ist das Erste, woran ich denken kann, eine lange, flatternde Mähne und ein wehender Schweif. Dazwischen ein Rumpf und obendrauf – Joshs Kopf?!

Was soll denn das jetzt? Ich schüttle meinen Kopf so kräftig, dass Josh mit einem Mal aus meinen Gedanken herausfällt. Doch das, was übrig bleibt, gefällt mir auch nicht besonders! Aurora. Und zwar ohne Kopf.

Ich verscheuche diese Bilder lieber ganz schnell und stehe auf. Barfuß und total verschlafen trotte ich zum Fenster. Ich stoße beide Flügel mit einem Ruck nach außen auf und bekomme fast einen Herzinfarkt. Denn statt in einen strahlend blauen Himmel zu schauen, schaue ich in zwei strahlend braune Augen. Sie gehören Salvatore.

Er steht auf dem obersten Drittel einer alten Holzleiter, die senkrecht auf dem Gartenboden steht und nach hinten zu fallen droht. Während Salvatores rechter Arm die Leiter fest umklammert, fuchtelt der andere wie wild in der Luft herum und versucht verzweifelt, nach der Fensterbank zu greifen. Blitzschnell greife ich nach der Leiter und ziehe sie samt Salvatore wieder zurück zur Fensterbank.

Als die Leiter wieder sicher an der Fensterbank lehnt, atmet Salvatore erleichtert auf.

„Grazie, Pia!“, stammelt er und macht sich ganz langsam auf den Weg nach unten. Sprosse für Sprosse klettert er vorsichtig hinunter, während ich vorsichtshalber die Leiter festhalte.

Doch Salvatore wäre nicht Salvatore, wenn er es nicht doch noch schaffen würde, einen kleinen Unfall zu bauen. Auf der vorletzten Sprosse angekommen, rutscht er auf einmal aus und landet auf dem Hosenboden.

Ich verdrehe die Augen und schüttle meinen Kopf.

Nicht zu glauben. Dieser Kerl schafft es doch immer wieder, sich selbst im Weg zu sein. Er ist einfach tatsächlich eine wandelnde Katastrophe und Gefahr für sein eigenes Leben. Es würde mich gar nicht wundern, wenn Salvatore im Krankenhaus landet, noch lange bevor er das Haus fertig renoviert hat.

„Alles in Ordnung mit dir?“, frage ich ihn eine halbe Stunde später am Frühstückstisch.

„Si, si!“, erwidert er mit schmerzverzogenem Gesicht.

„Was hattest du eigentlich da oben zu suchen?“

„Ich wollte nur überprufen, ob Fenster dicht.“

„Von außen?! Aber das hättest du doch auch von innen machen können.“

Salvatore denkt eine Sekunde lang nach. Dann verdreht er seine Augen und schlägt sich mit der flachen Hand gegen die Stirn.

„Aber naturlich!“, sagt er schließlich „Ich bin doch ein Blondmann.“

„Blödmann!“, sagen meine Mutter und ich wie aus einem Mund.

„Es eine Sachen, wenn ich sagen, ich Blondmann. Aber was anderes, wenn du zwei denkt, ich Blond...!“

„Nicht doch, mein Schatz“, unterbricht ihn meine Mutter und streichelt liebevoll seine Wange. „Du bist kein Blondmann. Du kannst gar keiner sein.“

Salvatore lächelt übers ganze Gesicht. Er legt eine Hand auf die meiner Mutter.

„Du bist ein Blödmann!“, säuselt sie und drückt ihm ein zärtliches Küsschen auf die Lippen.

„Und du bist Frau von Blööödmann“, erwidert Salvatore und beißt beherzt in sein Brötchen. Ich schlinge mein Frühstück herunter, schnappe mir meinen Rucksack, stehe auf und mache mich auf den Weg Richtung Haustür.

„Wo willst du denn jetzt schon wieder hin, Pia?“, fragt mich meine Mutter kauend.

„Zum Reiterhof. Aurora wartet sicher schon sehnsüchtig auf mich. Das arme Tier hat doch sonst niemanden.“

„Und was ist mit – mit dieser Sofia?“

„Du meinst Sophie. Ach, die lässt sich doch sowieso nicht blicken. Sie will Aurora doch gar nicht haben. Also, wir sehen uns dann heute Nachmittag. Bis dann. Tschüüüss!“ Ich verlasse das Haus. Draußen schwinge ich meinen Hintern auf den Fahrradsattel. In diesem Moment kommt meine Mutter herausgelaufen. In der Hand hält sie unser schnurloses Telefon.

„Es ist für dich, Pia!“ Sie streckt mir das Telefon entgegen. „Dein Vater.“

„Papi?!“ Sofort steige ich wieder vom Rad, lasse es einfach fallen und eile zum Telefon.

„Hallo, Papa“, flöte ich freudig in den Hörer, während meine Mutter wieder im Haus verschwindet.

„Na, wie geht es dir, Pia?“

„Gut! Im Gegensatz zu Salvatore.“

„Hat er sich wieder verletzt?“

„Nicht mehr oder weniger als sonst auch immer.“

„Verstehe.“ Papa lacht kurz auf.

Ich glaube, es gefällt ihm, Salvatores Katastrophengeschichten zu hören. Es heitert ihn etwas auf. Seit der Trennung von meiner Mutter ist Papa immer etwas traurig. Kein Wunder. Schließlich war es nicht seine Idee gewesen, sich scheiden zu lassen. Es war Mamas Entscheidung.

Sie hat sich schon seit Jahren immer wieder beschwert, dass er kaum Zeit für uns hatte und dass es so nicht weitergehen dürfe. Immer wieder hat Papa beteuert, dass es sich bald ändern würde. Doch das hat es nie. Irgendwann ist Mama dann der Kragen geplatzt. Sie hat unsere Sachen gepackt und wir sind zu meiner Oma Irmgard gezogen.

Es dauerte keine zwei Wochen und Papa stand auf der Matte. Er überredete Mama wieder mit mir zurückzukommen.

Ich war überglücklich, dass meine Eltern es noch einmal versuchen wollten. Leider ging das nicht lange gut. Nach nur ein paar Monaten war die Luft zwischen den beiden dann endgültig raus. Meine Mutter und ich nahmen uns eine kleine Zweizimmerwohnung am Volksgarten und Papa zog aus der gemeinsamen Wohnung in die Nähe seiner Pferde.

Während meine Mutter dann irgendwann Salvatore kennen lernte, konzentrierte sich Papa immer mehr auf seine Arbeit mit den Pferden und auf mich.

Ich war damals immer noch sehr traurig über die Trennung meiner Eltern, aber ich musste mich schließlich damit abfinden. Was blieb mir denn auch anderes übrig? Und so blöd das klingt, die ganze Sache hatte auch etwas Gutes. Nach der Trennung habe ich meinen Vater öfter zu Gesicht bekommen als in der Zeit davor. Doch damit ist jetzt wohl Schluss. Denn jetzt wohne ich hier zusammen mit Mama und Salvatore auf dem Land und Papa immer noch in Düsseldorf in der Nähe seiner Pferde. Umso kostbarer sind unsere gemeinsamen Telefonate. Jedes Mal, wenn er anruft, freue ich mich einfach riesig darüber.

„Stell dir vor, Papa. Ich hab eine Freundin gefunden!"

„Tatsächlich?"

„Ja! Es ist eine Achal-Tekkiner-Stute. Sie ist wunderschön. Ihr helles Fell glänzt wie reines Gold in der Sonne und sie gehört so gut wie mir."

„Aha."

„Na ja, eigentlich gehört sie Sophie, einem Mädchen, das ich vorgestern auf dem Reiterhof hier in der Nähe kennen gelernt habe. Aber die kümmert sich nicht die Bohne um sie. Sie kennt sich kein bisschen mit Pferden aus. Ja, sie interessieren sie gar nicht. Und deshalb haben mich ihre Eltern darum gebeten, ihr ein wenig bei Auroras Pflege zu helfen. Und das tue ich auch."

„Na, dann ist das Pferd ja in guten Händen."

„Wie geht's eigentlich Madame Silicia?"

„Prächtig, prächtig", antwortet Papa. „Stell dir vor: Sie ist trächtig."

„Was?! Madame Silicia bekommt ein kleines Fohlen?"

„Na, das hoffe ich doch stark. Wäre doch seltsam, wenn sie auf einmal ein Krokodilbaby bekommen würde, oder? Aber bis es soweit ist, dauert es noch ein Weilchen."

„Lass mich raten. Amadeus ist der Vater, stimmt`s?"

„Kannst du hellsehen?"

„Nein. Aber ich kann Liebe sehen. Madame Silicia und Amadeus waren doch vom ersten Tag an unzertrennlich."

„Das ist richtig."

Nachdem Papa und ich unser Gespräch beendet haben, renne ich zurück ins Haus. Ich drücke meiner Mutter das Telefon in die Hand, einen Schmatzer auf die Wange und laufe wieder hinaus.

Auf dem Weg zum Reiterhof muss ich immer wieder an Madame Silicia denken.

Soso, sie bekommt also ein kleines Fohlen. Es wird sicher das schönste Fohlen, das ich je in meinem Leben gesehen habe. Wenn ich es überhaupt zu Gesicht bekomme. Ich muss einfach. Und wenn ich mit dem Fahrrad nach Düsseldorf radeln muss. Ich werde bei der Geburt dabei sein! Komme was wolle!

Endlich auf dem Reiterhof angekommen, lehne ich mein Rad an die Wand des Stallgebäudes und eile hinein. Ungeduldig laufe ich die lange Stallgasse hinunter. Als ich vor Auroras Box stehen bleibe, falle ich aus allen Wolken. Denn sie ist nicht alleine. Sie hat Besuch. Von Sophie. Und die hat, wie es scheint, auch etwas mitgebracht. Und zwar haufenweise schlechte Laune.

„Na, endlich!", ruft sie, als sie mich erblickt. Ihre grünen Augen funkeln wie zwei riesige Smaragde. „Wo bleibst du denn so lange?! Ich warte schon seit einer halben Ewigkeit auf dich! Schau dir doch mal Auroras Box an. Die ist ja total dreckig! So geht das nicht. Meine Eltern bezahlen dich schließlich, damit du dich um Aurora kümmerst. Und was machst du? Du lässt sie in ihrem Dreck verkommen!"

„Aber das stimmt doch gar nicht", widerspreche ich verunsichert. „Ich – ich habe ihre Box doch gestern sauber gemacht. Und heute wollte ich es auch tun."

„Und worauf wartest du dann noch?"

„Na, dass du ihr ein bisschen hilfst", ertönt plötzlich Leos Stimme hinter mir. Ich bin echt erleichtert, nicht mehr alleine vor Sophie stehen zu müssen. Ich mag es zwar nicht zugeben, aber irgendwie macht sie mir echt Angst.

„Was willst du denn schon wieder hier?", fragt Sophie Leo schnippisch.

„Was ich hier will?!“ Leo lacht kurz auf. „Und was willst du hier?“

Sophie sucht nach Worten. Anscheinend weiß sie selbst nicht so genau, was sie hier will.

„Hat – hat man dir nie gesagt, dass man auf eine Frage nicht mit einer Gegenfrage antwortet?“, meint sie schließlich arrogant.

„Sag mal, was hast du eigentlich für ein Problem?“

„Ich hab kein Problem!“, erwidert Sophie. „Aber du vielleicht.“

„Allerdings. Und zwar ein richtig großes. Es hat giftgrüne Augen, lange, feuerrote Haare, heißt Sophie und läuft ständig mit einer supermiesen Laune durch die Weltgeschichte!“

„Meine Laune geht dich nichts an, kapiert?“

„Mich nicht, aber Aurora.“

Sophie schaut Leo verdattert an.

„Was hat denn der Gaul mit meiner Laune zu tun, hä?“

„Erstens ist es kein Gaul, sondern ein Pferd, und zweitens hat es eine Menge mit deiner Laune zu tun. Pferde sind sehr sensible Tiere. Sie merken es sofort, wenn einer schlechte Laune hat, verärgert ist oder einfach nur blöd! Merkst du denn wirklich nicht, dass du die Tiere hier im Stall nur verrückt machst?“

„Und du machst mich verrückt! Lass mich endlich in Ruhe und kümmere dich um deinen eigenen Kram.“

„Und so etwas kommt ausgerechnet von jemandem, der sich selbst nicht um seinen eigenen Kram kümmert.“

„Was soll das heißen?“

„Ist Aurora nun dein Pferd oder nicht?“

„Ja. Und?“

„Dann ist ihr Mist ja wohl auch dein Kram. Und darum solltest du dich jetzt lieber kümmern. Oder ist sich das Prinzesschen zu fein dafür?“

Sophie kocht vor Wut.

„Wenn du nicht endlich verschwindest und mich in Ruhe lässt, beschwere ich mich bei meinen Eltern."

„Uuuh! Mir zittern vor Angst die Knie."

„Das sollten sie auch! Denn wenn ich mich bei meinen Eltern beschwere, suchen sie einen anderen Reiterhof für Aurora. Und dann verliert dein Onkel einen zahlenden Kunden. Verstanden?"

Ich schaue Sophie geschockt an.

Nein! Das kann sie doch unmöglich tun! Wenn Aurora auf einen anderen Reiterhof kommt, dann verliere ich meine einzige Freundin hier. Dann hab ich keinen Grund mehr, hierher zu kommen, und ich müsste mich wieder zu Tode langweilen und nach kleinen Raupen in unserem Garten Ausschau halten.

„Aber – aber das ist doch alles nicht nötig", ergreife ich verzweifelt das Wort. „Können wir uns denn nicht einfach vertragen?"

Schließlich gibt Leo auf. Sie brummt, schüttelt genervt ihren kurzen Schopf, macht kehrt und verlässt stampfend den Pferdestall.

Auf Sophies Gesicht erscheint ein Siegerlächeln.

„Na los!", wendet sie sich an mich. „Du wirst nicht fürs Rumstehen bezahlt. Mach dich an die Arbeit", sagt sie und setzt sich auf einen Heuballen, der direkt vor Auroras Box steht.

Ich nehme meinen Rucksack ab und lehne ihn an die Innenwand der Box. Dann hole ich die Schubkarre und die Mistgabel aus der Gerätekammer am Ende der Stallgasse.

Als ich zurückkomme, thront Sophie immer noch auf dem Heuballen und bewundert ihre lackierten Nägel, während Aurora neugierig meinen Rucksack inspiziert.

Ich stelle die Schubkarre und die Mistgabel neben Auroras Box ab, öffne die Boxentür, ziehe Aurora ein Halfter über den Kopf, befestige einen Führstrick daran und führe sie langsam aus der Box hinaus.

Aus Angst vor Aurora springt Sophie von ihrem Thron.

„W– w– was machst du denn da?“ Sophie schaut mich fragend an.

„Ich kann ja wohl schlecht die Box sauber machen, wenn das Pferd noch drin steht. Ich führe Aurora auf die Weide. Oder möchtest du das etwa machen? Hier!“ Ich halte Sophie den Strick hin.

„Nein, nein! Ist schon gut.“ Sie schüttelt wild ihre Lockenpracht und drückt ihren Rücken noch fester an die Wand. Dabei lässt sie Aurora keine Sekunde aus den Augen.

Neugierig beschnuppert die Stute ihre Besitzerin, die starr vor Angst an der Wand klebt.

In diesem Moment streckt der Pferdeopa seinen Kopf durch das Fenster aus der Box gegenüber und macht sich über Sophies Haare her. Mit seinen großen Pferdelippen zupft er vorsichtig an ihnen herum.

„Aaaah!“ Sofort fährt Sophie erschrocken herum und starrt das Tier vor sich an. „L– l– lass mich bloß in Ruhe, du – du Monster!“

„Es will dir doch nichts tun.“

„Von wegen! Fressen will mich das Biest!“

Die pure Angst steht Sophie mitten ins Gesicht geschrieben. Seltsam. Zum ersten Mal, seit ich sie kenne, sieht sie tatsächlich aus wie ein ganz normaler Mensch. Und ich bekomme sogar ein bisschen Mitleid mit ihr.

„Keine Sorge. Rothaarige Mädchen stehen nicht auf seinem Speiseplan. Marengo ist nur furchtbar neugierig. Er möchte dich bloß kennen lernen und Freundschaft schließen.“

„Freundschaft!", meint Sophie verächtlich. „Wer braucht denn schon Freunde?!"

„Na, du offensichtlich nicht", erwidere ich und führe Aurora hinaus, ohne Sophie eines weiteren Blickes zu würdigen.

Als ich wieder zurückkomme, hockt Sophie in Auroras leerer Box. Im Moment ist das für sie wahrscheinlich der sicherste Platz.

Als sie mich bemerkt, springt sie schnell auf. „Ich muss jetzt weg!" Leicht gekrümmt hält sie sich mit beiden Händen den Bauch, während sie auf den Ausgang zusteuert.

„Geht's dir nicht gut?" Besorgt schaue ich ihr hinterher. „Hast du Bauchschmerzen?"

„Kann dir doch egal sein!", zischt sie und verschwindet.

Verwirrt bleibe ich zurück.

„Hast du eine Ahnung was sie jetzt schon wieder hat?", wende ich mich an Marengo. „Hm. Vielleicht hat sie ja ihre Periode bekommen? Meine Mutter benimmt sich dann auch immer ganz seltsam und hat dauernd Bauchschmerzen."

Ohne mir weitere Gedanken über Sophie zu machen, hebe ich meinen Rucksack auf, stelle ihn in die Stallgasse und fange an, Auroras Box auszumisten.

Plötzlich höre ich ein dumpfes Geräusch hinter mir. Ich drehe mich um. Mitten in der Stallgasse liegt ein Mädchen mit verknoteten Füßen.

„Was soll denn das?" Langsam rappelt es sich wieder auf. „Was zum Kuckuck hat der Rucksack hier mitten im Gang zu suchen?"

Wortlos lehne ich die Mistgabel an die Boxenwand, greife mit der einen Hand nach meinem Rucksack und halte die andere dem Mädchen hin.

„Tut mir leid!" Ich ziehe es hinauf.

„Schon okay", erwidert es. „Ist ja nichts Schlimmes passiert." Es klopft sich Stroh und den Staub aus den Klamotten. „Du bist neu hier, stimmt´s?"

Ich nicke.

„Ich bin Ellen."

„Und ich bin ein Riesentrottel. Das mit dem Rucksack tut mir echt leid!"

„Schwamm drüber! Ist ja, wie gesagt, nichts Schlimmes passiert."

„Das hätte es aber. Stell dir vor ein Pferd wäre drüber gestolpert. Es hätte sich wirklich ernsthaft verletzen können."

„Ich bin aber weder ein Pferd, noch bin ich verletzt. Trotzdem hast du recht. Du solltest deinen Rucksack irgendwo abstellen, wo er nicht ständig im Weg rumliegt. Zum Beispiel in der Sattelkammer. Fast alle hier legen dort ihre Sachen ab. Wenn du willst, nehme ich ihn mit. Ich muss sowieso jetzt da hin." Sie streckt ihre rechte Hand aus und ich reiche ihr meinen Rucksack. „Ich lege ihn direkt unter das Sattelzeug von deinem Pferd. Welche Boxnummer hast du?"

„Sechs."

„Alles klar."

Nachdem Ellen mit meinem Rucksack abgezogen ist, lege ich Auroras Box noch mit frischem Einstreu und Heu aus.

„Fertig!", sage ich erschöpft, woraufhin Marengo aus der Box gegenüber ein sehnsüchtiges Schnauben hören lässt. Ich drehe mich zu ihm um. Seine großen Pferdeaugen schauen mich sanft an.

„Was ist denn los, Kleiner?" Ich gehe langsam auf ihn zu. Sofort legt er behutsam seine warme Nase in meine ausgestreckten Hände. „Du bist aber ein Süßer."

„Allerdings!“

Ich schaue zur Seite. Mit großen Schritten kommt der Reiterhofbesitzer auf mich zu.

„Hallo, Herr Wiesner.“

„Nenn mich doch ruhig Rolf. Das machen alle hier auf dem Hof.“ Lächelnd tätschelt er Marengos dunkle Mähne. „Marengo ist nicht nur süß, sondern auch sehr zutraulich, wie du merkst. Er genießt Streicheleinheiten wie kaum ein anderes Pferd hier. Leider bekommt er nicht mehr so viele.“ Seine Hand wandert von der Mähne zu Marengos starkem Hals.

„Was ist denn mit seinem Besitzer? Kümmert der sich denn nicht um ihn?“

„Der lässt sich schon lange nicht mehr so oft hier blicken wie früher mal.“

Ich schaue Marengo mitleidig an. Er schaut zurück. Und in diesem Moment kann ich nicht anders, als ihn einfach nur ganz fest zu umarmen. Freudig prustet der Friese drauflos.

„Ja, das gefällt dir, was, Kumpel?“, freut sich der Reiterhofbesitzer mit seinem Freund. Ich muss schmunzeln.

„Hier, Pia.“ Auf einmal hält Rolf mir einen kleinen Briefumschlag hin. „Das soll ich dir von Herrn Römstein geben.“

Zögernd greife ich nach dem weißen Umschlag. Ich öffne ihn und hole ein kleines zusammengefaltetes Blatt Papier heraus. Als ich es auseinanderfalte, flattert plötzlich ein Geldschein heraus. Ich bücke mich, um ihn aufzuheben. Ein Fünfziger?!

Ich überfliege die Zeilen auf dem Papier.

Liebe Pia,

ich habe gehört, dass du deine Arbeit sehr gut machst. Dafür möchte ich dir danken. Ich hoffe, dass du mit fünfzig Euro im Monat einverstanden bist und dich weiterhin so toll um Aurora kümmerst.

Falls du Fragen haben solltest oder mit der monatlichen Summe nicht einverstanden bist, dann melde dich ruhig. Meine Nummer steht im Briefkopf.

Ich wünsche dir noch einen schönen Tag und bis bald!
B. Römstein

„Ich fasse es nicht! Fünfzig Euro?! Im Monat?"

„Zu wenig?"

„Machen Sie Witze? Das muss ich unbedingt meiner Mutter erzählen! Oh, Mist! Aurora steht ja noch auf der Weide."

„Schon gut! Ich führe sie später für dich rein."

„Wirklich?"

„Klar. Und nun lauf schon!"

„Auf Wiedersehen, Herr Wiesner – äh, ich meine Rolf!" Ich flitze los. Vor dem Ausgang bleibe ich jedoch wieder stehen und renne noch einmal zurück.

„Ich hab was vergessen." Suchend schaue ich mich nach meinem Rucksack um, bis mir einfällt, dass Ellen ihn doch gerade erst für mich in die Sattelkammer gebracht hat.

Zum Abschied drücke ich Marengo einen fetten Schmatzer auf die Nase, laufe in die Sattelkammer, schnappe mir meinen Rucksack und bin weg.

Auf dem Weg nach Hause übe ich fleißig Kopfrechnen.

Wenn ich das Geld jeden Monat zur Seite lege und spare, dann kann ich mir in etwa – in etwa ... fünfzig Monaten ein eigenes Pferd kaufen. Fünfzig Monate. Fünfzig Monate sind ungefähr vier Jahre. Dann bin ich sechzehn. Ungefähr genauso alt wie diese Ellen. Bloß hab ich dann schon ein eigenes Pferd!

„Mama!", rufe ich, als ich in Rekordzeit zu Hause ankomme. „Mama!! Wo bist du?"

Nichts.

„Mama?"

Keine Antwort.

„Salvatore?"

Hm. Keiner da. Egal. Wenigstens habe ich noch Tabu!

Sofort laufe ich in mein Zimmer. Ich stelle den Rucksack auf den Schreibtisch, öffne ihn und krame nach Tabu.

Ich muss ihm unbedingt von Herrn Römsteins Brief erzählen. Und von meinem eigenen Pferd, das ich mir in vier Jahren zulegen kann.

Ungeduldig durchsuche ich meinen Rucksack.

Mensch, wo ist es denn bloß? Ich wühle weiter. Doch meine Finger können Tabu nirgends ertasten. Meine Suche wird immer hektischer. Genau wie meine Atmung. Ich reiße den Rucksack ganz weit auf und stecke fast meinen ganzen Kopf hinein. Doch von Tabu keine Spur.

Panisch packe ich den Rucksack mit beiden Händen und kippe den gesamten Inhalt auf meinen Schreibtisch. Zitternd durchforsten meine Finger alles. Tabu bleibt verschwunden.

„Das kann nicht sein! Ich weiß ganz genau, dass ich es heute Morgen in den Rucksack gepackt habe. Oder?"

Ich drehe mich um und starre auf mein Bett.

Das Kopfkissen! Ich eile hin, greife nach dem Kissen und halte es in die Höhe. Enttäuscht schaue ich auf das leere Bettlaken hinunter. Sofort lasse ich das Kopfkissen fallen und gehe in die Knie. Ich bücke mich und schaue unter dem Bett nach. Nichts. Nichts als gähnende Leere. Die gleiche Leere, die sich in mir breit macht. Mist, wo ist es? Wo hat es sich bloß versteckt?

Ich stehe auf, drehe mich im Kreis und lasse meinen Blick durch das ganze Zimmer schweifen.

Es muss doch irgendwo hier sein!

Nervös durchforste ich jeden Millimeter meines Zimmers. Ich nehme einfach alles auseinander. Doch Tabu bleibt verschwunden.

Total erschöpft lasse ich mich aufs Bett fallen und fange an zu heulen. Die dicken Tränen kullern seitlich an meinem Gesicht hinunter. Und dann verschwimmt alles. Ich schließe die Augen, und es wird ganz dunkel.

5. Kapitel, in dem ich mich 100 000 Mal entschuldige, es mir aber nur ein einziges Mal richtig leid tut

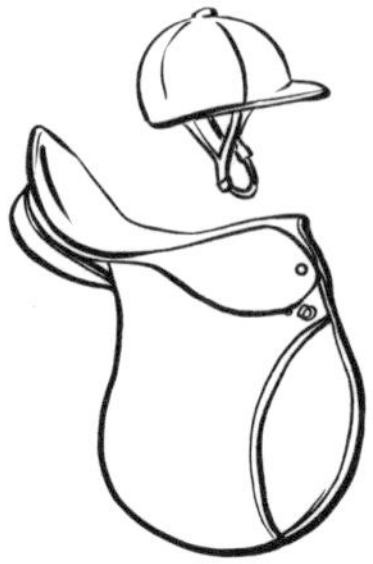

„Pia!", höre ich am nächsten Morgen eine helle Stimme meinen Namen rufen. „Pia!" Vor mir sehe ich ein verschwommenes Bild.

„Aufwachen, Pia! Sag mal, hast du in deinen Klamotten geschlafen?"

Erschrocken fahre ich hoch und schaue in das Gesicht meiner Mutter.

„Salvatore! Schnell! Ruf die Polizei! In Pias Zimmer ist eingebrochen worden. Die Kerle haben alles total verwüstet!", witzelt meine Mutter, während sie sich in meinem Zimmer umschaut.

Ich allerdings finde das Ganze gar nicht so lustig.

„Pia, mein Schatz", fängt meine Mutter wieder an, während sie eine Socke von meinem Kopfkissen fischt und auf den Boden schmeißt. „Kind, bist du etwa krank?" Sie legt ihre kühle Hand auf meine Stirn. „Fieber scheinst du jedenfalls nicht zu haben."

„Ich bin aber trotzdem krank." Ich spüre, wie sich meine Augen langsam wieder mit Tränen füllen. „Und zwar vor Sorge!"

„Aber was ist denn passiert?" Sie streicht mir besorgt über die Wange.

„Es ist ganz furchtbar ..."

„Ist irgendetwas mit Aurora?"

Ich schüttle meinen Kopf. Doch gleich danach fange ich an zu nicken.

Mist! Ich weiß ja selbst nicht ob etwas mit Aurora ist oder

nicht. Das hängt ganz von Sophie und ihrer Laune ab. Und davon, ob sie ihre Eltern tatsächlich dazu bringen könnte, Aurora auf einem anderen Reiterhof unterzustellen.

Doch das ist im Moment nicht mein größtes Problem.

„Tabu ist verschwunden!", platze ich schließlich mit der Sprache heraus. Leider ist es nicht das Einzige, was aus mir herausplatzt. Denn auch die Tränen bahnen sich wieder ihren Weg aus meinen Augen.

„Verschwunden? Bist du sicher?"

„Nein! Ich heule einfach nur so! Sicher bin ich mir sicher. Was denkst du denn? Meinst du ich veranstalte völlig umsonst so ein Chaos in meinem Zimmer? Ich habe Tabu überall gesucht. Er ist weg!" Jetzt brechen auch die letzten Dämme, und die Tränen kullern unaufhaltsam meine Wangen hinunter.

„Ach, Schatz." Meine Mutter nimmt mich tröstend in den Arm. „Hör auf zu weinen, mein Engel." Sie wischt mir die Tränen aus dem Gesicht. „Wir besorgen dir ein neues Tagebuch."

„Was?!", kreische ich. „Tabu ist doch nicht nur irgendein blödes Tagebuch!"

„Ist ja schon gut. Tabu taucht bestimmt wieder auf!"

„Aber – aber es kann doch gar nicht schwimmen!", schluchze ich. „Und gehen auch nicht. Wie denn auch? So ganz ohne Beine?"

Apropos Beine. Soeben tragen zwei besonders behaarte einen total verwirrten Salvatore in mein Zimmer. Nur mit Boxershorts bekleidet und einem Baseballschläger bewaffnet, stürmt er in mein Zimmer und fuchtelt wie wild mit dem Schläger um sich herum.

„Dove? Dov`è loro?"

„Wo ist wer?"

„Na, die scassinatore. Einbrecher!“ Auf alles gefasst steht Salvatore mitten in meinem Zimmer und schaut sich suchend um. Als er dann noch mein verheultes Gesicht sieht, flippt er total aus.

„Boia! Dove sono le Schurken? Was haben sie dich angetan diese – diese Blondmänner?! Ich mache sie alle. Ich mache sie platz! Na, los! Sbuca, ihr – ihr facinoroso. Venite qua e holt euch eure Tracht Prügel ab!“

Wie ein großer Orang-Utan steht er da und schwingt die Keule. „Na, los, ihr elenden Feigerlinge!“

„Salvatore!“ Meine Mutter schüttelt sichtlich belustigt ihren Kopf.

„Sì.“

„Salvatore, nimm den Schläger runter.“

„Commo?!“

„Nimm den Schläger runter, bevor du dich noch selbst verletzt.“

„Hä?“

„Hier sind keine Einbrecher. Das war doch nur ein Scherz!“

„Scherz?“, wiederholt Salvatore, während er den Baseballschläger immer noch in der Luft hält.

Endlich mal einer, der den Ernst der Lage kapiert! Tabus spurloses Verschwinden ist ja auch schließlich ein richtiger Notfall und keine Lappalie.

Nachdem meine Mutter die ganze Geschichte aufgeklärt hat, ziehen sich die beiden zurück. Ich hingegen ziehe mich ganz schnell an, schwinge mich auf mein Fahrrad und eile zum Reiterhof. Dort stelle ich mein Rad einfach irgendwo an der Seite ab und sause in Richtung Pferdestall. Dabei renne ich Leo über den Haufen.

„Hey! Ich bin zwar klein, aber nicht unsichtbar!“

„Entschuldige!“, sage ich kurz, renne wieder los und laufe genau in Joshs Arme.

„Das ist ja mal eine richtig stürmische Begrüßung!“, grinst er.

„Entschuldigung.“ Ich will weiterlaufen, aber Josh versperrt mir den Weg.

„Du kannst es wieder gutmachen.“

„Ich kann jetzt leider nicht. Ich muss weiter.“ Ich marschiere an Josh vorbei, in Richtung Pferdestall.

„Hey. Du weißt doch noch nicht mal, was du machen sollst, um es wieder gutzumachen“, meint er, während er mir nachrennt.

„Ich weiß.“

„Nein, weißt du gar nicht.“

Ich bleibe kurz stehen und schaue in Joshs grinsendes Gesicht. „Na, das meine ich doch. Ich weiß, dass ich nicht weiß, was ich machen soll, um es wieder gutzumachen. Aber ich hab dir doch gerade gesagt, dass ich keine Zeit habe.“

„Ich – ich wollte ...“, fängt er an, während ich mich wieder in Bewegung setze. „Ich wollte dich fragen, ob du – na ja – ob du vielleicht Lust hast, mit mir auszureiten.“ Ich bleibe abrupt stehen und unterbreche meine Suche nach Tabu für einige Sekunden. Mit rosa Wangen schaue ich Josh in die Augen.

„Ich soll ausreiten? Mit – mit dir?“

„Na ganz bestimmt nicht auf mir“, erwidert er, während er nervös seine Finger knetet.

„Ich kann leider nicht.“ Betrübt schaue ich ihn an.

„Aber wieso denn nicht?“, fragt er leicht enttäuscht.

„Ich hab dir doch schon gesagt, dass ich ...“

„Jaja, ich weiß. Du hast keine Zeit. Aber wieso hast du keine Zeit?“

„Ich bin auf der Suche nach etwas ganz Wertvollem und super Wichtigem für mich."

„Einem Schatz?", flüstert er geheimnisvoll.

„Kann man so sagen."

„Taraaa! Du hast ihn soeben gefunden!" Josh breitet seine Arme aus und dreht sich wie auf dem Präsentierteller um die eigene Achse. Auf einmal wird mir ganz heiß. Beschämt fange ich an zu lächeln.

„Selbst wenn ich Zeit hätte ...", fange ich an, nachdem die Hitze aus meinem Körper gewichen ist. „... fehlt mir trotzdem eine Kleinigkeit, um mit dir auszureiten."

„Und zwar?"

„Na, ein Pferd."

„Schau dich doch mal um. Hier wimmelt es doch nur so von Pferden."

„Ja. Nur leider gehört mir keins davon."

„Und?"

„Weißt du was man früher im Wilden Westen mit Pferdedieben gemacht hat?"

„Was denn?"

„Ich weiß es auch nicht. Aber man hat ihnen bestimmt keine Orden verliehen."

„Ich sage doch auch gar nicht, dass du ein Pferd stehlen sollst. Wir finden sicher eins, das du reiten darfst. Zum Beispiel eins der Schulpferde. Na, was ist?"

„Ich kann echt nicht."

Eine riesige Enttäuschung steht Josh mitten ins Gesicht geschrieben.

Soll ich ihm von Tabu erzählen? Nein! Er wird mich sicher auslachen und für verrückt erklären. Andererseits ... ich werde doch schon für verrückt gehalten. Von Leo. Und so schlimm ist das Gefühl gar nicht. Aber was soll's?

„Ich habe mein Tagebuch verloren. Und ich kann es nirgends finden." Ich erzähle Josh die ganze Geschichte. Selbst von Salvatore, seinen behaarten Beinen und vom Baseballschläger. Aufmerksam hört er sich alles an. Als ich fertig bin, starrt er mich nur an.

„Verstehe", sagt er schließlich, dreht mir seinen Rücken zu und setzt sich in Bewegung.

„Was ist denn jetzt los?", frage ich, worauf Josh stehen bleibt, sich zu mir umdreht und meint: „Hör zu, Pia. Wenn du keine Lust hast mit mir auszureiten, dann sag es doch einfach! Du brauchst dir nicht irgendwelche blöden Geschichten auszudenken, um mich loszuwerden."

„Aber das ist die Wahrheit."

„Für wie bescheuert hältst du mich eigentlich? Meinst du, ich nehme dir tatsächlich diese Geschichte ab? Gib es doch einfach zu! Du hast keinen Bock, mit mir auszureiten. Und das ist die Wahrheit", sagt er und verschwindet.

So ein Blödmann! Was fällt ihm eigentlich ein, mir zu unterstellen, dass ich lüge? Und warum mache ich mir eigentlich solche Gedanken darüber? Schließlich habe ich im Moment genügend andere Probleme. Zum Beispiel das spurlose Verschwinden von Tabu, weswegen ich jetzt eigentlich auch hier bin. Und dann wäre da noch die Sache mit Papa. Papa ... hat er mich wirklich schon so schnell vergessen? Seit unserem letzten Telefonat vor ein paar Tagen hab ich nichts mehr von ihm gehört. Tja. Anscheinend vermisst er mich eben doch nicht so sehr, wie ich gedacht und gehofft habe.

Eins steht jedenfalls fest! Bei dem ganzen Kram, der mir zurzeit durch den Kopf schwirrt, brauche ich mir die Rübe doch nicht auch noch wegen eines Jungen zu zerbrechen. Eines Jungen! Die sind eh doch alle gleich. Alle! Na ja, bis – bis auf Josh eben.

Ach! Wütend schüttle ich meinen Kopf, setze mich wieder in Bewegung und verspreche mir, keinen einzigen Gedanken mehr an Josh zu verschwenden. Und zwar genau ab jetzt! Diese Kröte kann mir gestohlen bleiben! Jawohl!

Oh nee! Kaum nehme ich mir das Versprechen ab, nicht mehr an Josh zu denken, da breche ich es auch sofort wieder. Und schon wieder! Und wieder! Oder – oder immer noch? So ein Mist!

Nach unzähligen Versuchen gelingt es mir endlich doch noch, Josh endgültig aus meinen Gedanken zu verbannen, und ich konzentriere mich wieder auf die Suche nach Tabu.

Während ich jeden einzelnen Quadratzentimeter des Reiterhofs nach ihm durchsuche, schießt mir auf einmal ein schrecklicher Gedanke durch den Kopf.

Was, wenn ich Tabu gar nicht mehr finde? Eine furchtbare Angst macht sich in meinem Körper breit.

Nein! Daran darf ich auf gar keinen Fall denken. Sonst fange ich sofort wieder an zu heulen und überschwemme den gesamten Hof mit meinen Tränen.

Aber was mache ich bloß, wenn ich ihn wirklich nicht mehr finde? Tabu ist ja nicht nur ein Buch, das man so einfach durch ein neues ersetzen kann. Es ist mein bester Freund! Ein Teil von mir. Niemand kennt mich so gut wie mein Tagebuch.

Alle meine Gedanken und Sorgen waren immer sehr gut bei ihm aufgehoben. Niemals würde es mir in den Rücken fallen und meine Geheimnisse ausplaudern. Niemals! Es sei denn ... es sei denn, jemand hat es sich unter den Nagel gerissen.

Gar nicht auszudenken, welche Macht dieser Jemand mit Tabu

in den Händen über mich hätte. Ein eiskalter Schauer läuft mir über den Rücken.

Das ist alles meine Schuld! Ich war zu unvorsichtig. Ich habe es verloren! Genau wie meinen Vater.

Meine Augen füllen sich rasch mit Tränen.

„Was mache ich jetzt?“ Schluchzend schleppe ich mich die Stallgasse entlang.

Als ich vor Auroras Box ankomme, lasse ich los und fange an zu heulen. Fragend schaut mich Aurora mit ihren großen, dunklen Augen an und schnaubt leise.

Ich öffne die Boxentür und falle ihr um den Hals. Tröstend lehnt sie ihren Kopf gegen meinen. Und dann sprudeln nicht nur die bitteren Tränen aus mir heraus, sondern auch die Worte. Ich erzähle Aurora einfach alles, was mein Herz so schwer macht. Alles, was ich bisher niemandem außer Tabu anvertraut habe. Dass die Scheidung meiner Eltern mich doch mehr mitgenommen hat, als ich es vor ihnen zugeben wollte, dass ich mir bei meiner Mutter und Salvatore immer wie ein fünftes Rad am Wagen vorkomme, obwohl sie mich ja in fast alles, was sie tun, immer einbeziehen, und dass ich wahnsinnige Angst habe, meinen Vater zu verlieren.

Ich rede und rede ohne Punkt und Komma. Sogar die bescheuerte und völlig unwichtige Geschichte über Josh erzähle ich ihr.

Geduldig und aufmerksam hört Aurora meinem jammernden, schluchzenden und kaum zu verstehenden Gequatsche zu.

Während ich sie immer noch fest umklammere, steht sie nur ganz ruhig da und lässt sich von mir vollheulen.

Als ich endlich fertig bin, schaue ich sie aus verweinten Augen an.

„Tut mir leid, dass ich dich mit meinen Problemen belästige.

Aber – aber ich wusste einfach nicht, wo ich sonst hinsollte."

Ich drehe mich zu Marengo um, der aus der Box gegenüber ein leises Schnauben hören lässt.

„Sag bloß, du musstest dir auch mein Gejammer anhören?"

Er wiehert leise. Langsam verlasse ich Auroras Box, um Marengo mit ein paar Streicheleinheiten für mein Geheule zu entschädigen. Dabei stelle ich fest, dass ich offenbar den ganzen Pferdestall mit meinem Katzenjammer unterhalten habe.

Ich kraule Marengo durch die Mähne und lächle ihn freundlich an. Dann kehre ich zu Aurora zurück.

„Weißt du worauf ich jetzt Lust hätte?" Ich wische mir die restlichen Tränen aus dem Gesicht. „Auf einen Ausritt", flüstere ich, woraufhin Aurora mit dem rechten Huf scharrt.

„Du auch?"

Auroras Antwort besteht aus einem Nicken.

„Du willst es. Ich will es. Ja, warum tun wir es dann nicht einfach? Richtig! Sophie. Die hätte ich beinahe vergessen. Wahrscheinlich würde sie mich mit einem ihrer giftigen Blicke in Grund und Boden stauchen, wenn sie wüsste, dass ich mir einen Ritt auf dir genehmigt habe."

Ist es wirklich eine gute Idee, sein Leben aufs Spiel zu setzen nur für ein bisschen Reitspaß? Ich denke einen kurzen Augenblick darüber nach.

Nein, das ist es sicher nicht. Es ist sogar eine richtig blöde Idee, denke ich, ziehe Aurora den Halfter über, befestige ein Seil daran und führe sie zum Satteln hinaus.

Nachdem ich sie gestriegelt habe, lege ich die Satteldecke auf ihren Rücken. Dann streiche ich sie glatt, hieve den Sattel auf die Decke und zerre den Gurt ganz vorsichtig um ihren Bauch fest. Nachdem ich den Reithelm aufgesetzt habe, lege ich meine linke

Hand auf den Sattelknauf und stelle den linken Fuß in den Steigbügel. Dann lege ich meine rechte Hand hinten auf den Sattel, stoße mich mit dem rechten Bein ab und schwinge es geschmeidig über Auroras Rücken.

Als ich fest im Sattel sitze, wird mir erst richtig klar, wie sehr ich das vermisst habe.

Ungeduldig und leicht nervös greife ich nach den Zügeln, mache einen geraden Rücken und lehne ganz leicht meine Schenkel gegen Auroras Bauch.

Sofort setzt sie sich in Bewegung. In einem gemütlichen Schritttempo bewegen wir uns auf den Wald zu. Mit jedem einzelnen Schritt fühle ich mich auf einmal besser und besser. Jeder Schritt macht mich ruhiger und mutiger.

Als wir am Wald ankommen, nehme ich die Zügel etwas kürzer und presse meine Schenkel ein bisschen fester an Auroras Körper. Ohne zu zögern fällt sie in einen leichten Trab.

Wahnsinn! Aurora ist wirklich ein ausgezeichnetes Reitpferd. Es genügen die leichtesten Schenkelhilfen und sie setzt sie sofort und total fehlerfrei um. Beinahe scheint es, als könnte sie meine Gedanken lesen und sogar schon vor mir wissen, was ich möchte.

Nach ein paar Metern halte ich es nicht mehr aus. Ich lasse die Zügel wieder etwas lockerer und gebe Aurora eine Galopphilfe. Im nächsten Augenblick düsen wir durch den Wald.

Ich hab mir wirklich nicht zu viel versprochen. Es ist einfach großartig!

Wie selbstverständlich passe ich mich Auroras Rhythmus an und beobachte fasziniert die geschmeidigen und schnellen Bewegungen ihrer muskulösen Pferdeschulter.

Jetzt fallen auch die letzten Anspannungen endgültig von mir ab, und ich gebe mich völlig dem Rausch der Geschwindigkeit hin. Ich vergesse einfach alle meine Sorgen und fühle mich wie neu geboren.

Eineinhalb Stunden später kehren Aurora und ich schließlich total erschöpft, aber überglücklich zum Reiterhof zurück.

Doch dabei bleiben wir nicht unbemerkt. Leider! Zusammen mit Olli und den Pferden steht Josh vor der kleinen Reithalle und schaut in unsere Richtung.

Auf einmal bekomme ich ein ganz schlechtes Gewissen.

Ich klopfe Aurora zärtlich den Hals, steige ab und führe sie zur Tränke.

„Soso! Keine Zeit für einen Ausritt, was?!", höre ich Josh sagen, als er kurze Zeit später mit seiner Mustangstute an uns vorbeispaziert.

„Aber –"

„Ich verstehe schon!", unterbricht er mich, ohne stehen zu bleiben.

So ein Mist! Jetzt muss er wirklich denken, dass ich ihn vorhin angelogen habe. Und ich kann es ihm noch nicht einmal verübeln.

Am liebsten würde ich mich sofort wieder in den Sattel schwingen und bis ans Ende der Welt galoppieren.

6. Kapitel, in dem alles Mist ist

Am Ende der Welt bin ich zwar noch lange nicht angekommen, dafür bin ich aber fast am Ende mit meinen Nerven.

Tabu ist mittlerweile seit einer Woche weg, Papa hat mindestens genauso lange nichts von sich hören lassen, Josh und auch Sophie meiden mich, als ob ich eine ansteckende Krankheit hätte, und Salvatore hat einen neuen Rekord aufgestellt. Er hat sich an drei aufeinanderfolgenden Tagen weder verletzt, noch sich wehgetan.

Das Ganze wird mir langsam unheimlich. Liegt vielleicht ein Fluch auf mir? Warum läuft in letzter Zeit eigentlich alles irgendwie schief?!

Nehmen wir doch mal zum Beispiel die Sache mit Josh und Sophie.

Wieso Josh mir aus dem Weg geht, das kann ich mir vorstellen. Aber weshalb Sophie mich völlig links liegen lässt, ist mir wirklich ein Rätsel.

In letzter Zeit ist sie wie ausgewechselt. Ja, sie scheint sogar nicht mal mehr Spaß am Meckern zu haben. Es ist echt seltsam, aber irgendwie vermisse ich das. Genau wie die Anrufe meines Vaters.

Was ist eigentlich los mit ihm? Hat er mich etwa schon so schnell vergessen? Vielleicht sollte ich ihm ein Foto von mir schicken, damit er sich wieder an seine Tochter erinnert.

Oder hat er bloß sein Telefon verbummelt und kann mich deshalb nicht anrufen? Dann schicke ich ihm halt ein neues Telefon.

So ein Mist! Ich könnte Tabu jetzt wirklich gebrauchen. Würde ich mit ihm all diese Sorgen teilen können, wären sie für mich nur halb so schlimm.

Wo zum Teufel steckt es bloß? Ohne mein Tagebuch fühl ich mich, als ob ein Teil von mir fehlen würde.

Na, wenigstens hab ich noch Aurora. Sie ist eine sehr geduldige Zuhörerin. Ich weiß wirklich nicht, was ich die letzte Woche ohne sie getan hätte. Oder doch. Ich wäre verzweifelt. Dass ich noch bei klarem Verstand bin, habe ich wirklich nur ihr zu verdanken. Und dafür sollte ich mich jetzt auch bei ihr bedanken. Und das am besten mit einer geballten Ladung Zuwendung.

Als ich in den Stall komme, steht Sophie vor Auroras Box.

Unbemerkt bleibe ich stehen und beobachte die beiden aus sicherer Entfernung.

Mit einem ausgestreckten Arm steht Sophie vor Aurora und versucht, sie ganz leicht zu berühren. Doch sobald Aurora sich auch nur ein bisschen bewegt, schreckt Sophie sofort zurück.

„Du – du willst mir doch nichts tun, oder?“, höre ich sie Aurora ganz leise fragen.

Auroras leises Schnauben zaubert ein schwaches Lächeln auf Sophies Gesicht.

Ich bin echt baff. Wenn ich Sophie da so vor Aurora stehen sehe, erkenne ich sie ja fast nicht wieder. Kaum zu glauben, dass es tatsächlich das gleiche Mädchen sein soll, das ständig mit einer miesen Laune und einem mürrischen Gesicht durch die Gegend läuft.

Sophie startet einen neuen Versuch. Sie streckt wieder ihren Arm aus, macht die Augen zu und lässt sich ganz kurz von Aurora berühren. Das Lächeln auf ihrem Gesicht wird breiter. Sie macht die Augen wieder auf und mustert ihren Arm, so, als würde sie überprüfen wollen, ob noch alles dran ist, was auch drangehört. Ich lache mir ganz leise ins Fäustchen.

„Keine Sorge!", melde ich mich schließlich aus dem Hintergrund zu Wort. „Sie hat dir keinen Finger abgebissen." Sophie schaut mich kurz an und sofort verschwindet das Lächeln aus ihrem Gesicht. Plötzlich sieht sie wieder aus wie die Sophie, die ich kenne.

„Ich weiß, dass sie mir keinen Finger abgebissen hat!", entgegnet sie zickig. „Hätte mir dieser Gaul auch nur ein einziges Härchen gekrümmt, würde ich keine Sekunde zögern, ihn verwursten zu lassen!"

„Das sah für mich gerade aber alles ganz anders aus", sage ich.

„So?! Dann hast du ganz offensichtlich was an den Augen! Besorg dir lieber mal eine Brille, du Maulwurf!"

Aus dieser Sophie werde ich echt nicht schlau. Was ist bloß los mit ihr? Gerade steht sie da, lächelt vor sich hin und sieht richtig nett und freundlich aus, und eine Sekunde später verwandelt sie sich auf einmal wieder in eine richtig blöde Kuh. Na, wenigstens redet sie wieder mit mir.

Langsam setze ich einen Fuß vor den anderen und bewege mich auf die beiden zu. In diesem Moment bewegt sich auch Sophie. Ohne mich auch nur eines weiteren Blickes zu würdigen, huscht sie an mir vorbei. Dabei murmelt sie: „Kümmere dich um Auroras Box! Der Mist, den ihr beide heute von euch gebt, stinkt zum Himmel!" Damit verschwindet sie.

Ich gehe zu Aurora. Freudig begrüßt sie mich mit einem hellen Wiehern.

„Na, wenigstens sprichst du noch ganz normal mit mir." Ich

streichle ihr über die weiße Blesse auf der Stirn. Dann mache ich die Boxentür auf und lehne mich an ihren starken Hals.

„Soll ich dich auf die Koppel bringen?“, frage ich Aurora, worauf sie heftig mit dem Kopf nickt.

Kurz darauf führe ich sie langsam aus dem Pferdestall. Als wir nach draußen kommen, fällt mein Blick zufällig auf Josh. Zusammen mit seinem gesattelten Pferd steht er schräg vor uns. Und wer steht direkt neben den beiden? Monika.

Hatte Leo nicht erzählt, dass sie bis über beide Ohren in Josh verknallt ist? Tja, so, wie die beiden da zusammenstehen, scheint das ja auf Gegenseitigkeit zu beruhen. Kann mir eigentlich nur recht sein. So brauche ich wenigstens nicht zu befürchten, dass Josh mir wieder mit seinem dämlichen Pflastergirlgelaber auf die Nerven geht.

Erhobenen Hauptes marschiere ich zusammen mit Aurora an den beiden vorbei. Aus den Augenwinkeln bemerke ich, dass sie mich kurz mustern. Und dann erzählt Josh Monika irgendetwas, und sofort fangen beide an zu lachen.

„Na los, meine Schöne.“ Ich klopfe Aurora die Kruppe. „Lauf schon.“ Gemütlich betritt sie die Koppel. Plötzlich lebt sie richtig auf. Wie verrückt fegt sie einmal quer über die ganze Koppel, bleibt stehen, scharrt ein paar mal mit dem rechten Huf durch den Sand und schmeißt sich dann voller Wonne auf den Boden.

Lächelnd lehne ich mich gegen das Gatter und beobachte Aurora bei ihrem ausgelassenen Sandbad. Dabei schiele ich immer wieder zu Josh und Monika hinüber. So wie es aussieht unterhalten sich die beiden immer noch sehr angeregt miteinander. Na und? Sollen sie doch! Ist mir egal!

Oh mein Gott! Er kommt auf mich zu. Was mache ich denn jetzt? Was sage ich? Bloß nichts anmerken lassen. Ja! Am besten ich tue so, als würde ich ihn gar nicht sehen. Genau! Ich ignoriere ihn einfach.

„Hallo", sprudelt es auf einmal aus mir heraus, ohne dass ich etwas dagegen tun kann, als er gerade an mir vorbeispaziert.

Verdammt! Ignorieren sieht anders aus. Für einen Rückzug ist es jetzt aber leider zu spät. Augen zu und durch!

„Hallo", wiederhole ich eine Spur unsicherer, als Josh stumm bleibt.

Seine Reaktion darauf besteht aus einem kurzen Nicken. Dann schwingt er sich in den Sattel, schnalzt, drückt die Schenkel gegen den Bauch seines Pferdes und galoppiert davon. Dabei wirbelt er ganz schön viel Staub auf. Und dieser landet nicht nur in meinen Augen, sondern auch in meiner Kehle. Ich fange an zu husten. Dabei beschließe ich, mir Josh ein für alle Mal aus dem Kopf zu schlagen. Und wenn ich dafür Salvatores Baseballschläger zur Hilfe nehmen muss!

Während ich meinen Blick wieder auf Aurora richte, zerbreche ich mir den Kopf über Tabu. Vielleicht ist es gar nicht so abwegig, dass jemand es sich unter den Nagel gerissen hat. Ja! Was, wenn Tabu tatsächlich gestohlen worden ist? Schließlich ist es nirgends aufzufinden. Weder bei mir zu Hause, noch hier auf dem Reiterhof.

So ein Quatsch! Wieso sollte jemand so etwas tun? Obwohl – ich denke einen Augenblick nach. Menschen tun doch ständig völlig absurde Dinge. Zum Beispiel mit zweiundzwanzig Mann hinter einem kleinen Ball herrennen. Völlig bescheuert. Trotzdem sind Millionen danach verrückt.

Ich schaue mich auf dem Reiterhof um. Jeder hier kann mein Tagebuch gestohlen haben. Jeder!

Hey! Da ist ja Leo.

Ich hebe die Hand und winke ihr lächelnd zu. Sie schaut zwar in meine Richtung, läuft aber trotzdem einfach weiter. So als hätte sie mich gar nicht gesehen.

Was hat sie bloß? Sie sieht ein bisschen nervös aus. Total verkrampft drückt sie ein kleines Bündel an ihre Brust und schaut sich immer wieder nach allen Seiten um.

„Huhu! Leo!", rufe ich und wedele mit den Armen in der Luft herum.

Erschrocken schaut sie mich an, stolpert über einen Ast und lässt das Bündel fallen. Zum Vorschein kommt etwas, das so aussieht wie ... Tabu!?! Überrascht reiße ich die Augen auf und will darauf zurennen. Doch da hat Leo das Buch auch schon wieder aufgehoben und an ihre Brust gepresst. Schnellen Schrittes eilt sie in den Pferdestall.

Total verwirrt schaue ich ihr hinterher.

Sah das Buch eben wie mein Tagebuch aus oder – oder hat Sophie womöglich Recht und ich hab tatsächlich was an den Augen?

Um das herauszufinden, gibt es nur zwei Möglichkeiten. Erstens: Ich gehe zum Augenarzt und lasse mich untersuchen. Oder zweitens: Ich folge Leo in den Pferdestall und finde heraus, ob das eben wirklich Tabu gewesen ist.

Ich entscheide mich ganz klar für Zweitens. Obwohl – ich muss zugeben, dass ich eine Sekunde lang tatsächlich überlegt habe, ob ich nicht vielleicht doch besser zum Augenarzt gehen sollte.

Auf Samtpfoten betrete ich das Gebäude. Ich entdecke Leos Hintern, der aus Sunnys Box ragt. Leise schleiche ich mich so nah wie nur möglich an sie heran. Auf einmal kommt Leo ohne Vorwarnung aus Sunnys Box. Im letzten Augenblick springe ich in die leere Box direkt daneben. Ohne mich zu bemerken, marschiert Leo aus dem Pferdestall. Und das mit leeren Händen, soweit ich es erkennen kann!

Erleichtert atme ich auf und bemerke sogleich, dass ich in einem gigantischen Haufen Pferdemist stehe.

Doch zum Abputzen ist jetzt keine Zeit. Ich muss mich beeilen. Leo kann jederzeit wiederkommen.

Ungesehen laufe ich in Sunnys Box. Der Isländer reißt sich von seiner Heuraufe los und schaut mich überrascht an.

„Pssst“, mache ich und streichle sanft über seine Schnauze. „Ich will nur mal eben was gucken.“ Flüsternd hocke ich mich vor Leos Rucksack und reiße ihn schnell auf. Blöderweise geht dabei der Verschluss kaputt.

„So ein Mist!“

Bloß nicht weiter drüber nachdenken, ermahne ich mich. Suchen! Um sicherzugehen, dass sich bestimmt niemand außer den Pferden im Stall befindet, werfe ich rasch noch einen prüfenden Blick aus der Box.

Zu spät! Leo ist schon wieder auf dem Rückweg.

Gerade noch rechtzeitig schaffe ich es, ihren Rucksack von mir wegzuschubsen, als sie fröhlich pfeifend Sunnys Box betritt.

„Was machst du denn da?“, will sie von mir wissen, als sie mich hockend auf dem Boden entdeckt. „Na, los! Spuck es schon aus. Was willst du hier, hä?“, hakt sie noch einmal nach, als ich stumm bleibe.

„Ich – ich wollte nur ...“ Nervös knete ich meine Finger. „Ich wollte nur...“ Mein Blick zieht eine Runde durch Sunnys Box und landet schließlich auf meinen Schuhen. „Mist!“, sage ich.

„Hä?“

„Ja! Ich wollte nur etwas von – von Sunnys – äh – Mist!“

„Was?!“

Ich weiß ja auch nicht was ich da für einen Blödsinn von mir gebe!

„Sunnys Mist?" Leo schaut mich ungläubig an.

„Ja – ähm – als Dünger! Für unseren Garten!"

Prüfend mustert sie mich von oben bis unten. Ich lächle sie so unschuldig ich nur kann an.

„Cool!", sagt sie schließlich. „Meine Oma düngt auch nur ausschließlich natürlich. Tu dir bloß keinen Zwang an, Pia. Greif ruhig ordentlich zu. Dann brauche ich heute Sunnys Box vielleicht gar nicht sauber zu machen." Sie greift nach ihrem Rucksack, der direkt vor Sunnys Vorderbeinen liegt und neugierig von seiner Nase beschnuppert wird.

„Mensch, Sunny!" Verärgert hält Leo ihren Rucksack vor sein Gesicht. „Du hast ja schon wieder an meinem Rucksack geknabbert und den Verschluss kaputt gemacht. Das ist jetzt schon der dritte Rücksack in den letzten zwei Monaten." Sie schüttelt ihren Kopf und schnaubt mit ihrem Pony um die Wette. Dann tätschelt sie seinen Hals und meint lächelnd: „Du bist echt so was von verfressen. Worauf wartest du noch, Pia? Greif ruhig zu!"

„Danke", hauche ich zart und werfe einen Blick auf den gigantischen Haufen Mist, der in der Ecke liegt und um den drei Fliegen rumschwirren.

„Sag mal", meldet Leo sich wieder zu Wort. „Worin willst du Sunnys Äpfel eigentlich transportieren?"

„Äh – in ..." Ich schaue auf meine Hände hinunter. Bäääh! Auf gar keinen Fall! „In – in meinem Rucksack natürlich", sage ich schnell, nehme den Rucksack ab, stelle ihn auf den Strohboden und mache ihn auf.

Dann schaue ich abwechselnd von meinem Rucksack zu einem besonders großen Pferdeapfel und wieder zurück.

„Versuchst du den Pferdeapfel etwa mittels Telepathie in deinen Rucksack zu bekommen? Oder weswegen starrst du ihn sonst so an?“

Während ich versuche, den trockenen Pferdeapfel in meinen Rucksack zu packen – was gar nicht so einfach ist, ohne dieses Ding anzufassen, erzählt mir Leo etwas über den Garten ihrer Großmutter.

„Du müsstest ihn mal sehen. Alles wächst wie verrückt. Meine Oma schwört auf rein natürlichen Dünger. Sie hat einen richtig grünen Daumen. Und grüne Haare.“

„Hä?“

„Einer von Sebastians dummen Streichen. War eigentlich für mich gedacht.“ Sie zuckt mit den Schultern. „Wer sich mit mir abgibt, muss halt auf alles gefasst sein. Hey, das bisschen, was du dir da eingepackt hast, reicht doch höchstens, um eine Topfpflanze zu düngen. Schau mal da in die Ecke. Bloß keine falsche Bescheidenheit. Du kannst dir den Haufen ruhig auch mitnehmen. Greif ordentlich zu. Sunny kann jederzeit Nachschub liefern. Siehst du? Da kommt er schon.“

„Toll“, sage ich mit einem gequälten Lächeln.

„Hey, ich habe eine großartige Idee. Halt doch einfach deinen Rucksack unter Sunnys Po. Dann lässt er den Mist hineinplumpsen und du brauchst ihn nicht hineinzuschaufeln. Ist das kein Service?“

„Hmm.“ Ich nicke.

„Siehst du? So wird er ruck, zuck voll.“

„Eine wirklich tolle Idee, Leo.“

„Hey. Wenn du willst, kannst du auch mal mit zu mir kommen und dir ein paar richtig gute Ratschläge von meiner Oma für euren Garten holen“, meint Leo, während sie sich ihren Rucksack auf den Rücken schnallt, Sunny einen dicken Schmatzer auf die Nase drückt und aus der Box tritt.

„Kann ich vielleicht gleich heute mitkommen?“ Ich ziehe meinen Rucksack hinter mir her.

„Klar, wieso nicht.“

„Das ist ja super!“, freue ich mich. Leo schnappt sich meinen Rucksack und hilft mir, ihn anzuziehen.

„Danke.“ Ich breche unter dem riesigen Haufen Mist fast zusammen.

„Ich hoffe nur, dass du keine Allergie hast.“

„Allergie?“, wiederhole ich. „Wogegen?“

„Gegen Jungs!“

7. Kapitel, in dem etwas gewaltig stinkt

„Ist es noch weit?", frage ich Leo, als wir eine Stunde später nebeneinander zu ihr nach Hause radeln und meine Beine vom vielen Treten schon ganz schwer werden.

„Wieso? Kannst du etwa nicht mehr?"

„Doch, doch. Klar!", schwindle ich, während ich total aus der Puste einen kleinen Hügel nehme.

„Nur noch um die Ecke, dann sind wir da." Grinsend legt Leo einen Zahn zu. Mit Mühe und Not halte ich mit.

„Hier wohne ich." Sie fährt auf einen Hof und springt dann lässig von ihrem Rad. Ich will es ihr gleichtun, doch meine Beine fühlen sich an wie Wackelpudding, sodass ich erst einmal leicht zusammensacke.

Ich wackle Leo hinterher. Der großzügige Hof ist u-förmig angelegt. Auf der rechten Seite steht ein großes Haus. Es ist relativ neu und sehr modern. Rechts daneben ist eine Garage. Und links der Hofladen. Auf der gegenüberliegenden Seite befindet sich ein kleineres, viel älteres Haus, vor dem ein üppiger Garten angelegt ist. Und wenn ich geradeaus weiterschaue, sehe ich die Stallungen.

Eigentlich sieht es hier nicht wirklich aus wie auf einem richtigen Bauernhof. Ich rümpfe die Nase. Lediglich der Geruch verrät, dass sich hier irgendwo Kühe, Schweine, Gänse und Hühner verstecken müssen.

„An diesen Geruch gewöhnt man sich schnell“, meint Leo mit einem Seitenblick zu mir. „Aber weißt du, woran ich mich noch nach elf Jahren nicht gewöhnt habe?“

Ich schüttle meinen Kopf.

„An den miesen Geruch der Schweißfüße meiner Brüder. Dagegen riecht es im Schweinestall wie in einer superedlen Parfümerie. Darauf kannst du Gift nehmen!“ Sie schüttelt sich angeekelt und winkt mich zu sich. Gemeinsam laufen wir auf den Hofladen zu.

„Hallo, Mama“, begrüßt Leo eine Frau, die im Laden hinter der Theke steht und sich völlig gedankenverloren sanft über den dicken Bauch streicht.

„Ich glaube sie hat dich nicht gehört“, flüstere ich Leo ins Ohr, während ich die Frau nicht aus den Augen lasse.

„Ich weiß“, antwortet Leo in normaler Lautstärke. „Pass auf. Mama?!“

„Hm?“ Leos Mutter macht ein summendes Geräusch, ohne aufzuschauen.

„Ich hab eine Freundin mitgebracht. Das ist Pia. Sie ist zwar erst zwölf Jahre alt, aber sie raucht wie ein Schlot, trinkt wie ein Loch und putzt sich niiieee die Zähne.“

Ich schaue Leo völlig verdattert an.

„Schön dich kennen zu lernen, Pia“, säuselt ihre Mutter zu ihrem Bauch.

„Da wäre noch was, Mama.“

„Ja?“

„Ich habe beschlossen, nach den Sommerferien nicht mehr zur Schule zu gehen. Was meinst du dazu?“

„Das ist nett.“

Langsam beuge ich mich seitlich zu Leo.

„Was ist denn mit deiner Mutter los?“, frage ich flüsternd. „Ist sie irgendwie krank?“

„Nein, aber schwanger. Das geht schon seit zwei Monaten so. Ich befürchte, dass das Baby in ihrem Bauch ihr nicht nur ihre Vitamine und Nährstoffe aus dem Körper zieht, sondern auch das Gehirn. Aber sobald das Baby endlich draußen ist, hoffe ich, dass alles wieder normal wird.“

„Und wie lange dauert es noch?“

„Noch etwa einen Monat. Los, komm mit. Ich zeig dir jetzt mein Zimmer.“

Ich nicke.

„Mama. Meine Freundin Pia und ich schließen uns jetzt einer supergefährlichen Sekte an und es könnte durchaus sein, dass du mich dann nie wieder siehst. Ist das okay für dich?“

„Sicher. Macht nur. Ich wünsche euch viel Spaß, Mädchen“, antwortet ihre Mutter und grinst wie ein Honigkuchenpferd weiter ihren Bauch an.

Als wir den Laden verlassen und auf die Eingangstür des Hauses zumarschieren, kommt plötzlich eine kleine Frau in einem ganz engen Dress um die Ecke gelaufen. Um die Stirn trägt sie ein pinkfarbenes Stirnband und an den Füßen zwei riesige Turnschuhe.

Anscheinend haben Leo und diese Frau denselben Friseur. Denn beide tragen Vogelnester auf ihren Köpfen spazieren. Und auch sonst sehen sich die beiden wirklich sehr ähnlich.

„Das ist meine Omi Gerlinde“, meint Leo und winkt der Frau zu. Sofort kommt die auf uns zugelaufen.

„Hast du das Juckpulver besorgt?“, flüstert die kleine Frau, während sie sich, auf der Stelle laufend, prüfend nach allen Seiten umschaut.

„Hier.“ Schnell reicht Leo ihrer Oma einen kleinen Beutel, den diese sofort in ihrer Hosentasche verschwinden lässt. Beide zwinkern sich verschwörerisch zu und grinsen um die Wette.

Wie ein Profiboxer hüpft Leos Großmutter nun von einem Bein auf das andere. Währenddessen boxt sie immer wieder in die Luft, macht mit dem Oberkörper schnelle Bewegungen nach links und rechts und atmet dabei ganz schnell ein und aus.

„Ich ziehe mich jetzt zurück“, flüstert Oma Gerlinde, ohne uns anzuschauen. „Es müssen noch ein paar Vorbereitungen für unsere Aktion heute Abend getroffen werden. Ich sage nur: Mission Kopfkissenklau.“ Damit hüpft sie davon.

Während wir unseren Weg fortsetzen, schaue ich Leo total verdattert an. „Sag mal, ist deine Oma etwa auch schwanger?“

„Sie ist nicht schwanger. Sie ist cool!“

„Wozu braucht sie denn das Juckpulver?“

„Pssst!“ Leo legt mir schnell eine Hand auf den Mund. „Nicht so laut. Sonst fliegt noch alles auf.“ Sie schaut sich nach allen Seiten um. „Das brauchen wir, um meinem Bruder eins auszuwischen“, flüstert sie mir ins Ohr. „Heute Nacht wird er sein wahres Wunder erleben.“

„Und bei so etwas macht deine Oma mit?“

„Sie macht nicht nur mit. Sie hat sich das Ganze auch ausgedacht. Hättest du eigentlich gedacht, dass sie schon achtundsechzig Jahre alt ist? Ziemlich gut in Form, was?“

Ich nicke und schaue mich noch einmal nach Oma Gerlinde um. Die steht bereits vor der Haustür des alten Hauses. Mit nur einem Schlag boxt sie die Tür auf. „Und eine recht ausgefallene Frisur hat sie“, bemerke ich, während Leo schon im Haus steht.

„Toll was? Die hab ich ihr verpasst.“

„Echt?“

„Wenn ich es dir doch sage. Meine Oma und ich schneiden uns seit etwa zwei Jahren gegenseitig die Haare. Das Geld für den Friseur sparen wir für eine gemeinsame Reise“, sagt sie mit verträumtem Blick. „Hey, wenn du willst, kann ich dir auch mal die Haare schneiden.“

„Ich lasse sie mir gerade wachsen“, schwindle ich, als Leo die Tür zu ihrem Zimmer öffnet.

„Komm rein und fühl dich wie Zuhause.“ Sie pfeffert ihren Rucksack unter den Schreibtisch und schmeißt sich in den roten Sitzsack am Fenster.

Ihr Zimmer ist etwa genauso groß wie meins. Bloß steht hier viel weniger herum. Dafür sind die Wände voll. Und zwar mit hunderten von Postern, Bildern und Bleistiftzeichnungen.

„Hast du die alle selbst gezeichnet?“

„Jep.“ Leo lehnt sich ganz weit nach hinten und verschränkt ihre Hände hinter dem Kopf.

„Die sind echt gut!“ Staunend bewundere ich Leos Kunst.

„Ich weiß.“

„Wo hast du das gelernt?“

„Keine Ahnung. Ich kann es einfach.“ Sie steht auf und stellt sich neben mich. „Wenn du das toll findest, dann warte, bis du meine Comics siehst.“

„Du schreibst auch?“

„Ja.“ Sie fischt einen angegilbten und zerfledderten Block unter ihrem Bett hervor und hält ihn mir unter die Nase. „Na los. Nimm schon. Er beißt nicht.“

Vorsichtig greife ich nach dem Block, der nur noch von ein paar Fasern zusammengehalten wird, und blättere ihn schnell durch.

Als ich ihn wieder zurückgeben will, winkt Leo ab. „Du kannst ihn ruhig mit nach Hause nehmen und dir den Comic ganz durchlesen. Wenn du fertig bist, sagst du mir, wie du ihn findest, okay?"

„Okay."

Ich schaue auf den Bücherberg neben Leos Bett.

„Liest du gerne?"

„Nein! Die Bücher hier sind nur als Dekoration gedacht. Soll das ein Witz sein? Ich bin süchtig danach! Ich verschlinge einfach alles, was mir unter die Finger kommt. Alles!"

Aha! Ich werde hellhörig. Alles, was ihr unter die Finger kommt also.

„Ist dir denn in letzter Zeit wieder etwas unter die Finger gekommen?", frage ich und denke dabei an mein Tagebuch.

„Ja", antwortet Leo kurz.

„Was denn?", hake ich nach.

„Das - äh - das kann ich dir noch nicht so genau sagen. Ich habe es erst seit kurzem und bin noch nicht dazu gekommen, es zu lesen."

„Wo ist es denn?"

„In meinem Rucksack."

Volltreffer!!! Der Augenarzt muss warten. Ich habe wohl doch richtig gesehen.

„Hast du vielleicht noch ein paar Fragen, die dir auf der Seele brennen?"

„Was meinst du damit?", frage ich vorsichtig, aus Angst, Leo könnte mir auf die Schliche gekommen sein, dass ich ihr auf die Schliche gekommen bin.

„Na, du quetschst mich hier aus wie eine heiße Zitrone. Und wenn ich nicht schleunigst auf Klo gehe, dann laufe ich noch aus."

„Ach so. Nee, nee. Ich habe keine Fragen mehr."

„Alles klar. Bin gleich wieder da." Sie verschwindet aus ihrem Zimmer.

Sofort eile ich zu ihrem Rucksack. Ich reiße ihn auf. Was ich dann sehe, lässt mein Herz schneller schlagen. Ich greife in den Rucksack. Genau in diesem Augenblick wird die Türklinke von außen heruntergedrückt.

So ein Mist! Im Nu ziehe ich meine Hand wieder aus dem Rucksack, schmeiße mich in den roten Sitzsack und stecke meine Nase in Leos zerfledderte Geschichte.

Eine Sekunde später steht ein Junge im Zimmer und schaut mich fragend an. „Wer bist du denn?“

„Pia.“

„Was zum Teufel willst du denn hier?!“, faucht Leo den Jungen an, als sie zurückkommt „Los! Verschwinde!“ Sie schubst ihn hinaus und verriegelt die Tür. „Mein Zimmer ist Sperrzone für dich! Kapiert, du Spatzenhirn?!“, ruft sie durch die verschlossene Tür.

„Wer war das?“, will ich wissen, nachdem Leo sich wieder einigermaßen beruhig hat.

„Satan höchstpersönlich – im Körper meines Bruders!“

„Was wollte er?“

„Na das, was er immer will. Mir das Leben zur Hölle machen. Hey, dein Hintern vibriert.“

„Das ist nicht mein Hintern, sondern mein Handy!“, sage ich und rupfe das Handy aus meiner hinteren Hosentasche.

„Ja, Mama?“

„Mensch, Pia! Wo bleibst du denn?“

„Wieso? Ich hab doch gesagt, dass ich heute erst um acht nach Hause komme.“

„Genau! Bloß kann ich dich hier nirgendwo entdecken. Es sei denn du bist unsichtbar geworden.“

„Was? Wie spät ist es denn?“

„Viertel nach neun!“

„Schon so spät?“

„Und bis du zu Hause bist, ist es noch viel später! Wo bist du? Etwa immer noch auf dem Reiterhof?“

„Nein. Ich bin bei einer Freundin.“

„Also bist du doch noch auf dem Reiterhof. Geht's Aurora gut?“

„Ja, aber ich bin nicht mehr bei ihr! Ich bin bei einer anderen Freundin.“

„Einer anderen was?“

Was soll denn diese Reaktion? Ist es wirklich so unwahrscheinlich, dass ich Freunde habe? Okay. Zugegeben. Bis jetzt waren die Pferde, neben Tabu, meine einzigen Freunde. Aber langsam wird es halt Zeit für Menschenfreunde. Und Leo könnte meine erste richtige Menschenfreundin werden. Vorausgesetzt wir klären endlich die Sache mit Tabu.

„Pssst!“, macht Leo, während meine Mutter immer noch nicht aus dem Staunen herausgekommen ist, dass ich tatsächlich eine Freundin haben könnte.

„Wenn du willst kannst du heute hier übernachten“, flüstert Leo.

„Echt?“

„Klar! Meine Eltern erlauben es sicher.“

„Mama!“, unterbreche ich meine Mutter bei ihrem Monolog über echte Freunde. „Darf ich heute bei Leo übernachten?“

„Leo?“

„Na, du weißt doch. Das Mädchen vom Reiterhof. Ich hab dir schon von ihr erzählt.“

„Die mit der Stachelschweinfrisur?“

„Haha!“ Ich lache verlegen in Leos Richtung. Zum Glück scheint sie nichts von dem Stachelschwein mitbekommen zu haben. „Genau die", sage ich in den Hörer. „Den tollen Haarschnitt hat ihr übrigens ihre Oma verpasst."

„Ich weiß nicht, Pia. Ich finde diese Idee nicht so gut. Vielleicht das nächste Mal, ja? Ich würde gerne erst Leo und ihre Eltern kennen lernen, bevor du dort übernachten darfst."

„Oh bitte!"

„Nein, Pia."

„Was soll denn passieren?"

„Eine Menge! Zum Beispiel könntest du auch unter die Heckenschere von Leos Oma geraten und als Stachelschwein wiedergeboren werden."

„Sehr witzig."

„Hör zu, Pia. Ich mache dir einen Vorschlag. Salvatore und ich kommen dich gleich abholen. Dabei lernen wir Leos Eltern kennen, und das nächste Mal darfst du dann bei deiner neuen Freundin übernachten. Vorausgesetzt ihre Eltern sind auch damit einverstanden. In Ordnung?"

Ich brumme in den Hörer. Dann erkläre ich ihr noch, wie sie zu Leos Hof kommen.

„Gut. Dann bis gleich."

„Und?", erkundigt sich Leo, nachdem ich das Handy wieder in der Hosentasche vergraben habe. „Hat es deine Mutter erlaubt?"

Ich schüttle den Kopf.

„Schade."

„Finde ich auch", sage ich enttäuscht und werfe einen Blick auf Leos Rucksack.

Eine halbe Stunde später packt Salvatore mein Fahrrad in den Kofferraum. Als er damit fertig ist, setzt er sich ans Steuer.

„Also ..." Meine Mutter drückt Leos Eltern die Hand. „Es hat mich wirklich sehr gefreut, Sie kennen zu lernen", verabschiedet sie sich und steigt ebenfalls ins Auto. „Na komm schon, Pia. Oder willst du da Wurzeln schlagen?“

Niedergeschlagen schmeiße ich meinen Rucksack auf die Rückbank von unserem Jeep und meinen Hintern direkt daneben.

Wir fahren los.

Nach ein paar Metern wird meine Mutter etwas unruhig. „Sagt mal, was stinkt hier eigentlich so?“

Ich schaue zu meinem Rucksack hinüber, während meine Mutter versucht, den Gestank zu lokalisieren. Dabei führt ihre Spürnase sie direkt zu mir. „Bist du das etwa, die hier so stinkt?“

„Nein“, entgegne ich wie ein Unschuldsengel. „Das ist mein neues Parfüm.“

„Dein neues Parfüm? Wie heißt es denn? Eau de Pferdemist?“

„So ähnlich.“

8. Kapitel, *in dem ich vor Glück übergehe und vor Ärger platze!*

Am nächsten Morgen liege ich auf meinem Bett und bin total in Leos Geschichte vertieft. Sie handelt von einem kleinen Fohlen, das nach der Geburt von seiner Mutter nicht angenommen wird und zu sterben droht. Seite für Seite heule ich mich durch, bis ich endlich zu der Stelle komme, an der das Fohlen außer Lebensgefahr ist. Es wird von einem Mädchen mit der Flasche aufgepeppt. Doch dann ...

Klock!

Ich löse mich von der Geschichte und horche.

Klock!

Was ist denn das für ein komisches Geräusch?

Klock! Klock! Klock!, ertönt es wieder und wieder. Ich schaue zum Fenster.

Klock!

Ich lege den Block zur Seite, stehe auf und bewege mich auf das Fenster zu. Ich schaue hinaus. Und was sehe ich? Leo, die in unserem Vorgarten hockt und kleine Kieselsteinchen sammelt. Ich öffne das Fenster.

Klock! – erwischt mich plötzlich eins der Steinchen mitten auf der Brust.

„Ups! 'tschuldigung!", kommt es von unten.

„Was macht du hier?"

„Ich werfe Steinchen an dein Fenster!"

„Wozu?"

„Damit du endlich rausschaust."

„Ja und nun?"

„Komm raus! Oder lass mir dein Haar herunter, Rapunzel, und ich klettere hinauf zu dir."

„Woher wusstest du, welches Fenster das richtige ist?"

„Wusste ich gar nicht. Ich hab einfach an jedes Fenster Steinchen geworfen, bis irgendwann deine Mutter herausgeschaut und mir gesagt hat, welches Fenster zu deinem Zimmer gehört."

„Ich komme runter", sage ich, laufe die Treppen hinunter und öffne die Tür. „Komm rein." Leo stolpert ins Haus.

„Komisch", wundere ich mich. „Seit wann ist denn eine Erhöhung in der Schwelle?"

„Seit heute Nacht", erwidert meine Mutter total unbekümmert. Ihre Haare sind heute zu zwei Zöpfchen gebunden und ihre Brille hält sich gerade noch auf der Nasenspitze. „Salvatore hat gemeint, die würde sich da gut machen." Mit einer halben Gurke und einer Schale Sourcream spaziert sie barfuß von der Küche in ihr Arbeitszimmer.

Wüsste ich es nicht besser, würde ich meine Mutter glatt für meine große Schwester halten. Ja, meine Mutter sieht nicht nur sehr jung aus, sie ist auch noch sehr jung. Und zwar zweiunddreißig Jahre. Das bedeutet, dass sie mich mit zwanzig bekommen hat. Trotzdem. Mit zweiunddreißig Jahren sollten doch, wie ich meine, die ersten Alterserscheinungen auftreten. Lila Augenringe, Fältchen, Cellulite, Vergesslichkeit und Ermüdungserscheinungen. Doch bei meiner Mutter keine Spur von all dem. Das hat sie nur ihrem guten Lebenswandel zu verdanken, wie sie sagt. Kein Alkohol. Keine Zigaretten, genügend Schlaf und literweise Kirschbrause.

„Hast du meine Geschichte schon gelesen?“, fragt mich Leo, nachdem wir in meinem Zimmer angekommen sind.

„Noch nicht ganz.“

Sie schmeißt sich auf mein Bett. In diesem Moment taucht meine Mutter auf. „Kannst du mir mal deine Wasserfarben leihen?“, fragt sie.

„Wann besorgst du dir endlich eigene?“, frage ich zurück.

Meine Mutter setzt ihren Dackelblick auf. Das ist nicht fair. Sie weiß genau, dass ich diesem Blick nicht wiederstehen kann. Niemand könnte es. „Na schön. Sie liegen in der untersten Schreibtischschublade.“

„Super. Dafür kriegst du morgen ganz neue.“ Sie kramt die Wasserfarben aus der Schublade und will sich gerade wieder aus dem Staub machen, als Leo die Neugier packt.

„Wofür brauchen Sie denn die Wasserfarben?“

Meine Mutter dreht sich hastig nach allen Seiten um. „Meinst du mich? Nenn mich doch bitte Fiona. Und die Wasserfarben brauche ich für meine Arbeit.“

„Was arbeitest du denn?“

„Ich bin Illustratorin.“

„Im Ernst?!“, ruft Leo begeistert aus. „Ich auch! Na ja, noch nicht ganz. Aber vielleicht in ein paar Jahren.“

„Willst du ein paar von meinen Arbeiten sehen?“

„Klar!“ Leo springt von meinem Bett und verlässt zusammen mit meiner Mutter das Zimmer.

Nach einer halben Ewigkeit wird mir das Warten zu bunt. Ich schnappe mir Leo und mache mich mit ihr zusammen auf den Weg zum Reiterhof. Dabei quatscht sie ununterbrochen von meiner Mutter und ihrer ach so spannenden Arbeit als Illustratorin.

„Deine Mutter ist wirklich cool. Sie kann echt gut malen. Ich wünschte, ich würde später mal nur halb so gut werden wie sie. Meinst du, ich könnte das auch?"

„Was?", frage ich leicht gelangweilt.

„Bücher illustrieren. Du hast meine Zeichnungen und Bilder doch gesehen. Glaubst du, ich bin gut genug?"

„Wieso nicht?"

Leo quasselt weiter. Doch ich höre ihr gar nicht mehr richtig zu. Immer wieder schiele ich zu ihrem Rucksack hinüber und frage mich, ob sie Tabu dabei hat.

Eigentlich wäre das ganz schön dreist von ihr, seelenruhig neben mir herzulaufen, während sie in ihrem Rucksack mein Tagebuch durch die Gegend spazieren trägt.

„Na, ihr beiden?", werden wir von Rolf begrüßt, als wir auf dem Reiterhof ankommen.

„Warum ist es denn so leer hier?" Leo kratzt sich am Kopf.

„Die meisten sind im Wald unterwegs", klärt uns Rolf auf.

Kein Wunder, bei diesem herrlichen Reitwetter. Es ist wirklich perfekt. Da bekommt man gleich selbst Lust auf einen kleinen Ausritt durch den Wald.

„Sollen wir heute auch mal zusammen ausreiten?", fragt mich Leo, die anscheinend Gedanken lesen kann.

„Gerne!"

„Super! Du kannst ja schon mal Aurora satteln. Ich muss nur noch ganz kurz etwas Wichtiges mit meinem Onkel besprechen. Wir treffen uns dann gleich im Pferdestall."

„Äh – soll ich vielleicht schon mal deinen Rucksack mitnehmen und ihn in die Sattelkammer stellen? Ich – ich muss ja jetzt sowieso hin."

„Nicht nötig. So schwer ist er nicht", sagt sie, schnappt sich das

Handgelenk ihres Onkels und schleift ihn hinter sich her in Richtung Büro.

So ein Mist! Die Gelegenheit, ungestört in Leos Rucksack nach Tabu zu stöbern, wäre hiermit verstrichen.

Plötzlich werde ich zärtlich von der Seite angestupst.

„Hi, Marengo." Er schüttelt seine schwarze Mähne. „Na? Niemand da, der mit dir ausreitet?" Ich tätschele sanft seinen Kopf. Genüsslich schnauft er. Ich fische ein Stückchen Brot aus meiner Hosentasche und reiche es ihm. Zum Abschied klopfe ich ihm den Hals und laufe, ohne mich noch einmal umzudrehen, in den Pferdestall zu Aurora.

Jedes Mal, wenn ich Marengo sehe, bricht es mir fast das Herz. Dass er von seinem Besitzer aber auch so vernachlässigt wird! Na, wenigstens ist er hier auf dem Hof wirklich gut aufgehoben. Rolf scheint einen Narren an Marengo gefressen zu haben. Höchstpersönlich putzt, striegelt und schmust er mit ihm, wann immer er Zeit hat. Leider ist das nicht besonders oft. So ein Reiterhof führt sich schließlich nicht von alleine.

Ich bin so sehr damit beschäftigt, an Marengo zu denken, dass ich sonst nichts um mich herum mitkriege. Und plötzlich steht mir Josh gegenüber.

Ohne auch nur ein einziges Wort zu sagen, stehen wir beide wie angewurzelt da und schauen uns nur an. Es kommt mir wie eine Ewigkeit vor, und die Stille zwischen uns ist richtig unangenehm.

„Ich –", fängt Josh schließlich an.

„Ja?"

Wieder Stille. Hm. Soll ich vielleicht was sagen? Bloß was?

Ich hole ganz tief Luft. „Äh – ich – ich ..."

„Ja?", kommt es nun von Josh.

„Ich wollte dir nur sagen, dass – dass ich ..."

Josh schaut mich erwartungsvoll an.

„Dass ich mich freue, dass – dass wir heute so sch– sch– schönes Wetter haben."

„Ist das alles, was du mir sagen wolltest?", fragt er leicht enttäuscht.

„Ja."

Nein! Natürlich nicht, denke ich. Es tut mir leid! Es tut mir leid, dass ich nicht mit dir ausgeritten bin. Dass du mir die Geschichte mit Tabu nicht glaubst und dass wir uns jetzt wie zwei völlig Fremde gegenüberstehen.

„Ich muss dann mal los." Josh marschiert an mir vorbei. Dabei wirft er mir einen seltsamen Blick zu. Was der wohl zu bedeuten hat? Hat er überhaupt etwas zu bedeuten?

Nachdenklich setze ich meinen Weg fort. Als ich vor Auroras Box stehe, hebt sie nur ganz kurz ihren Kopf. Anscheinend hat sie keine Zeit, mich richtig zu begrüßen. Schwer beschäftigt knabbert sie an etwas herum.

„Was hast du denn da?" Langsam schiebe ich die Boxentür auf. Und auf einmal bekomme ich ganz große Augen.

Tabu?! Nein! Das kann doch nicht sein! Oder? Aber wie kommt es denn bloß auf einmal hierher?

Ich schaue Aurora fragend an. Zu blöd, dass sie nicht sprechen oder ich Gedanken lesen kann.

Mit zitternden Händen greife ich nach meinem Tagebuch. Es fühlt sich ziemlich echt an.

Glücklich drücke ich Tabu an meine Brust. Ich lehne mich mit dem Rücken gegen die Boxenwand und lasse mich langsam hinuntergleiten.

Du bist wieder da. Endlich!

„Ich habe dich vermisst." Ich streichle sanft über Tabus Deckblatt, während sich Aurora zu mir heruntergebeugt und es beschnuppert.

Wie hat sie das bloß gemacht? Wie zum Kuckuck konnte Leo sich unbemerkt hier reinschleichen und Tabu reinschmuggeln?

Ja. Sie muss es gemacht haben, als ich vorhin bei Marengo stand. Mit dem Rücken zum Pferdestall. Kein Wunder, dass ich sie nicht gesehen habe. Schließlich habe ich keine Augen im Hinterkopf. Ist ja auch egal, wie sie es angestellt hat. Hauptsache, sie hat mein Tagebuch wieder rausgerückt. Aber wieso ausgerechnet jetzt auf einmal? Blöde Frage! Sie mag mich halt. Jetzt, wo wir uns besser kennen gelernt haben, hat sie bestimmt ein schlechtes Gewissen bekommen.

Mit einem breiten Grinsen im Gesicht sitze ich immer noch auf dem Heuboden. Lächelnd schaue ich Tabu noch einmal an und blättere ihn mit eiskalten und etwas steifen Fingern durch.

„Was soll denn das?!", rufe ich auf einmal total erbost, woraufhin Aurora zwei Schritte rückwärts macht.

Ich starre auf Tabus Seiten, die nicht nur mit dem voll sind, womit ich sie gefüttert habe.

Was für eine Frechheit! Nicht genug, dass sie sich Tabu einfach unter den Nagel gerissen hat. Nein. Da muss sie auch noch seine Seiten vollkritzeln!

Ohne mir ihre Kommentare durchzulesen, springe ich auf, verlasse die Box und laufe die Stallgasse Richtung Ausgang hinunter.

„Was fällt dir eigentlich ein?", falle ich Leo an, als sie fröhlich pfeifend den Pferdestall betritt.

„Hä?" Leo macht ein verdattertes Gesicht – so, als wüsste sie nicht, wovon ich spreche.

„Spiel jetzt bloß nicht die Unschuldige."

„Aber ich bin unschuldig! Ich weiß gar nicht, was du auf einmal hast."

„Ach nein?" Ich halte Leonie mein Tagebuch vor die Nase. „Klingelt es vielleicht jetzt bei dir?"

„Bei mir klingelt gar nichts! Aber offensichtlich piepst es bei dir!" Sie zeigt mir einen Vogel.

„Ich weiß ganz genau, dass du das warst. Ich habe nämlich mein Tagebuch gestern bei dir gesehen."

„Was?"

„Na, das schwarze Buch, das du ständig in deinem Rucksack spazieren getragen hast. Willst du jetzt etwa leugnen, dass es mein Tagebuch war?" Ich fuchtele mit meinem Tagebuch vor Leonies Augen herum.

„Meinst du zufällig dieses hier?" Leo fischt ein schwarzes Buch aus ihrem Rucksack und hält es mir hin. Total verwirrt schaue ich von dem Buch auf Tabu und wieder zurück. Die beiden sehen sich wirklich zum Verwechseln ähnlich.

„Das ist für meinen Bruder, Sherlock Holmes." Sie schlägt das Buch auf. Zum Vorschein kommen lauter Fotos von Leo, ihrer Oma und der gesamten Familie. Obendrauf ein großes Lichtbild von Rolf und Josh.

„Ein Fotoalbum?", murmele ich verlegen, lasse Tabu sinken und schäme mich in Grund und Boden.

„Es ist nicht bloß ein Fotoalbum. Nur die ersten paar Seiten sind mit Fotos beklebt", klärt mich Leo auf.

„Und der Rest?", frage ich, worauf Leo das Buch in der Mitte aufschlägt. „Ein Comic?"

„Habe ich mir für Florian ausgedacht. Als Andenken! Ich habe dir doch gesagt, dass er in ein paar Tagen auszieht und nach Köln fährt, um dort seinen Zivildienst zu machen."

„Wieso hast du mir denn nichts von dem Fotoalbum erzählt?"

„Wieso sollte ich?"

„Weil – weil ..." Weil wir Freundinnen sind, würde ich jetzt am liebsten sagen. Aber vielleicht ist es dafür noch zu früh. Vielleicht sieht Leo das Ganze etwas anders als ich. „Versteh das doch", fange ich etwas unsicher an. „Du hast dich die letzten beiden Tage so seltsam benommen. Da musste ich einfach annehmen, dass du mein Tagebuch geklaut hast."

„Ich habe mich nur so verhalten, weil mir das Ganze ein bisschen peinlich ist." Sie drückt das Buch an ihre Brust. „Außerdem soll das eine Überraschung werden."

„Ja, aber nicht für mich oder sonst jemandem hier auf dem Reiterhof."

„Ich wollte einfach kein Risiko eingehen. Mein Cousin schwirrt hier doch ständig rum. Er sollte es nicht erfahren. Und da ich weiß, dass er dich mag ..."

„Er tut was?!"

„Sag bloß, dass es dir noch nicht aufgefallen ist, dass Josh dich wirklich gern hat."

„Nö!", erwidere ich schnell mit roter Rübe und schaue zum Boden. „Es tut mir leid, Leo!", sage ich nach einigen Sekunden.

„Was? Dass Josh dich gut findet?"

„Nein."

„Also findest du es gut, dass er dich mag?"

„Ja – ähm – ich meine, nein! Ich ..."

„Was denn nun?"

„Mensch, du bringst mich ja total durcheinander!", versuche ich mich rauszureden. „Mir tut es leid, dass ich dich verdächtigt habe, mein Tagebuch gestohlen zu haben."

Leo verschränkt ihre Arme, dreht ihren Kopf zur Seite und

würdigt mich keines Blickes mehr. Nervös beiße ich auf meiner Unterlippe herum.

„Hör endlich auf damit“, schimpft sie schließlich, während sie mich immer wieder kurz anschaut.

„Womit?“

„Na mit diesem treudoofen Dackelblick. Du guckst ja genauso wie deine Mutter. Da kann ich gar nicht lange stinkig auf dich sein“, meint sie verärgert.

„Du bist mir also nicht mehr böse?“

„Ach Quatsch. Ich weiß doch, dass du total verrückt bist! Deshalb mag ich dich auch so gerne, du verrücktes Huhn! “

Zum ersten Mal in meinem Leben bin ich überglücklich für verrückt gehalten zu werden. Und dafür, dass mir meine Mutter diesen treudoofen Dackelblick vererbt hat.

„Und jetzt raus mit der Sprache!“ Leo legt einen Arm um meine Schulter. Gemeinsam schlendern wir zurück zu Auroras Box. „Was hat es mit deinem Tagebuch eigentlich auf sich?“

Ohne Umschweife erzähle ich Leo die ganze Geschichte.

„Verstehe“, meint sie, als ich fertig bin. „Dann hast du wirklich keinen blassen Schimmer, wer dein Tagebuch geklaut hat? Oder wie es wieder aufgetaucht ist?“

„Nicht den geringsten!“

Leo schaut sich etwas genauer in Auroras Box um.

„Hm. Ich glaube, Aurora können wir als Täter wohl ausschließen. Es sei denn sie hat heimlich lesen und schreiben gelernt. Vielleicht hat sie dein Tagebuch aber auch verdrückt und heute ist es hinten wieder rausgekommen.“

„Im ganzen Stück und total unversehrt? Das glaube ich nicht.“

„Ich auch nicht. Das war auch nur ein Scherz. Los, schnapp dir Aurora und komm mit!“

„Wohin?“

„Na, auf die Suche nach dem geheimnisvollen Dieb und Wiederbringer!“

Zwanzig Minuten später reiten Leo und ich durch den Wald.

„Du hast mir immer noch nicht gesagt, wo wir hinwollen.“

„Wir sind schon da“, sagt sie und deutet mit einer Kopfbewegung auf einen großen, dicken Baum, der direkt vor uns steht. Langsam schaue ich an dem Baum hoch. Etwa zwei Meter über dem Boden zweigen die ersten Äste vom Stamm ab. Es sind gigantische, zu allen Seiten ausladende Äste, die von einem dichten Blättermantel bedeckt sind. Und obenauf befindet sich ein Haus. Ein altes, runtergekommenes Baumhaus. Normalerweise sind Baumhäuser nicht besonders groß. Das liegt aber meistens daran, dass die Bäume, auf denen sie gebaut sind, auch nicht besonders groß sind. Aber dieser Baum ist riesig. Daher ist wohl auch das Haus darauf alles andere als klein.

„Was wollen wir hier?“, frage ich, während Leo Sunny zum Stehen bringt.

„Hier können wir uns ungestört deinem Tagebuch widmen.“ Sie steigt ab und bindet das Pony an. Also mache ich das auch. Während sie dann schnell die alte Leiter hochklettert, die am Baumstamm lehnt, versichere ich mich erst einmal, dass mich die morschen Sprossen der Leiter überhaupt aushalten.

„Na los, du Angsthase!“, ruft mir Leo von oben zu. „Komm schon.“

Langsam klettere ich Sprosse für Sprosse hinauf. Auf der vorletzten Sprosse angekommen, streckt mir Leo die Hand entgegen.

„Bist du wirklich sicher, dass das Baumhaus nicht unter uns zusammenbricht?“, frage ich und greife nach ihrer Hand.

„Keine Sorge! Die Bude hält so einiges aus." Mit Leichtigkeit zieht sie mich hinauf. „Dieses Baumhaus haben mal mein Onkel und mein Vater gebaut. Zusammen mit meinem Opa. Damals waren sie so alt wie wir jetzt." Sie pflanzt sich auf den Baumhausboden, der mit flauschigen Decken bedeckt ist, und klopft auf den Platz zu ihrer Rechten.

Nachdem ich mich zu ihr gesellt habe, streckt sie ihre rechte Hand aus und meint: „Zeig mir mal dein Tagebuch."

Ich zögere.

„Jetzt hab dich nicht so. Ich denke, du willst unbedingt herausfinden, wer dein Tagebuch geklaut hat."

Ich schaue Leo einige Sekunden lang an. In dieser kurzen Zeit geht mir alles Mögliche durch den Kopf. Was zum Kuckuck wollen wir hier überhaupt? Kann ich Leo wirklich vertrauen? Wieso kriege ich auf einmal Hunger? Und was macht die Spinne da auf meinem Oberarm?

„Wir sind doch Freundinnen", fängt Leo wieder an. „Oder etwa nicht?"

Freundinnen? Das hoffe ich! Wortlos lege ich Tabu in Leos Hand.

„Mal sehen." Sie macht ein ganz ernstes Gesicht und schlägt mein Tagebuch auf.

Seite für Seite gehen wir die Kommentare des Diebes durch. Auf einmal drückt mir Leo Tabu in die Hände.

„Hier. Lies mir mal den Eintrag vom 24. März vor. Ich kann deine Sauklaue kaum entziffern."

„Ich weiß echt nicht, was das Ganze bringen soll. Reicht es nicht, wenn wir uns einfach nur die Kommentare des Diebes durchlesen?"

„Natürlich nicht! Wir müssen doch wissen, worauf der Dieb besonders reagiert. Was ihn interessiert und beschäftigt. Nur so finden wir etwas über ihn und seine Persönlichkeit heraus."

Selbstverständlich hat Leo recht! Das ist mir vollkommen klar. Aber ich will meine Gedanken und Geheimnisse schließlich nicht der halben Welt verraten. Es ist schon schlimm genug, dass der geheimnisvolle Dieb so viel über mich weiß.

„Na, was ist jetzt?", hakt Leo ungeduldig nach.

Ich hole ganz tief Luft und fange an. Doch nach der ersten Silbe höre ich sofort wieder auf.

„Was ist los? Kannst du deine Sauklaue etwa auch nicht entziffern?"

„Doch. Es ist nur ..."

„Was?"

Kann sie sich das denn wirklich nicht denken? Es ist echt nicht einfach für mich, über meinen Schatten zu springen und plötzlich jemandem anzuvertrauen, was ich bis jetzt nur Tabu anvertraut habe. Es ist als würde ich das Kostbarste, was ich besitze, in Leos Hände geben und abwarten, was sie damit anstellt. Und hat sie es erst mal in den Händen, kann sie damit tun und lassen, was sie will. Woher weiß ich, dass sie nichts Schlimmes damit anstellt? Dass sie es nicht auf dem Boden schmeißt und darauf herumtrampelt. Oder dass sie es nicht weitererzählt?

Ich schaue Leo an. Sie schaut auffordernd zurück. Dann legt sie ihren Kopf schief und ein aufmunterndes Lächeln huscht über ihre Lippen. Ich räuspere mich und fange noch einmal an:

Ach, Tabu. Weißt du, was ich gerade erfahren habe? Du kommst nicht drauf?

Stell dir vor. Wir müssen umziehen. Ist das nicht furchtbar? Ich will

nicht woanders wohnen. Ich will hier bleiben. Bei Madame Silicia
Freu dich! Du wirst gebraucht. Mich braucht ja niemand!
und meinem Vater. Die beiden brauchen mich doch. **Im Gegenteil.**
Für meine Eltern bin ich wie ein Klotz am Bein
Und ich brauche sie. **Dito! Ich brauche meine auch – bloß kümmert sie das nicht die Bohne!**
Zugegeben. Bei meiner Mutter ist es nicht anders. Aber sie hat ja wenigstens Salvatore. Und wen hat Papa? Niemanden. Abgesehen von den Pferden vom Reiterhof Hellich, auf dem er als Reitlehrer arbeitet.

Versteh das nicht falsch, Tabu. Pferde sind die besten Freunde, die
Das habe ich jetzt auch kapiert. **Wem sagst du das?**
man haben kann. Und sie sind die besten Zuhörer überhaupt. Wenn ich es mir recht überlege, dann sind sie noch viel mehr. Sie sind nicht nur die tollsten Freunde und gute Zuhörer. Sie sind auch die beste Medizin gegen Ängste, Sorgen, Trauer und Einsamkeit. So ist es zumindest bei mir. Und auch bei meinem Vater. **Und bei mir!**
Auf dem Rücken eines Pferdes vergisst man einfach alles! Es ist als würde man seinen Problemen einfach davongaloppieren und ...
... sie ganz weit hinter sich lassen?
Jetzt komme ich wieder ins Schwafeln. **Das macht doch nix! Ich mag dein Geschwafel!** ☺
Was ich eigentlich damit sagen will ist – Pferde sind einfach klasse!

Aber man braucht auch andere Freunde. Menschen, mit denen
Und die einen nur enttäuschen?! Nein danke! Ich verzichte.
man sich unterhalten kann. Die einem Antworten und Ratschläge geben. Mit denen man mal ein Eis essen oder ins Kino gehen kann.
Na ja, vielleicht hast du ja doch Recht.

Du musst zugeben, Tabu, dass so ein Pferd in einer Eisdiele vor einer gigantischen Portion Erdbeereis eine Menge Aufmerksamkeit erregen würde. Es weiß auch nichts von den Problemen, die man in der Schule hat. Wie denn auch? Pferde gehen nicht zur Schule und lernen kein Mathe, Deutsch, Physik und so einen Kram.

24. März

Allerdings!

Die Glücklichen! Von dem Zeug versteh ich nämlich auch kein bisschen!

Nachdem ich den letzten Satz beendet habe, schaue ich Leo an. Sie schaut nachdenklich zurück.

Da hatte ich so eine riesige Angst, dass jemand mein Tagebuch gelesen haben könnte, und jetzt lese ich es selbst jemandem vor. Na ja, es ist nicht irgendjemand. Es ist Leo. Meine Freundin. Meine erste richtige Menschenfreundin.

„Was ist denn das?" Leo deutet auf den Seitenrand. „Ist der grüne Fleck da von dir?"

Ich nehme den Klecks etwas genauer unter die Lupe. „Nicht dass ich wüsste. Normalerweise schreibe ich immer mit dem gleichen Stift in mein Tagebuch. Und der ist lila und nicht grün."

„Nun gut. Fassen wir doch mal alles zusammen. Also. Der Dieb treibt sich auf unserem Reiterhof herum. So viel steht schon mal von vorneherein fest! Das bedeut, dass wir die Person kennen."

„Zumindest aber schon mal gesehen haben müssen."

„Richtig. Was wissen wir noch?"

Bevor ich Leo darauf eine Antwort geben kann, zieht sie ihre eigenen Schlussfolgerungen. „Der Dieb mag Pferde lieber als Menschen, das ist aus seinen Kommentaren ganz deutlich herauszulesen. Er/Sie hat keinen besonders guten Draht zu den eigenen Eltern, fühlt sich zurückgewiesen und alleine."

„Außerdem mag er mein Geschwafel und ist schlecht in der Schule."

„Äh – ja. Das ist wirklich besonders wichtig."

„Und er hat eine wirklich sehr schöne Handschrift!", füge ich schnell hinzu.

„Okay. Noch was?" Leo und ich denken scharf nach. „Verdammt! So kommen wir keinen Schritt weiter. Vielleicht sollten wir den ganzen Fall einfach mal von hinten aufrollen. Wer kommt als Täter in Frage?"

Nachdem wir von vorneherein die meisten ausschließen können, kommen wir endlich zu denen, die noch übrig sind.

„Was ist mit Sophie?" Ich lehne mich an die Baumhauswand.

„Ich muss zugeben, an die hab ich im ersten Augenblick auch gedacht. Aber jetzt mal im Ernst. Glaubst du wirklich, dass die sich für jemand anderen als sich selbst interessiert?"

Ich zucke mit den Schultern. „Du hast sicher Recht. Obwohl –"

„Was?"

„Ich weiß ja nicht. Aber vielleicht ist sie ja gar nicht so, wie sie vorgibt zu sein. Verstehst du, was ich meine?"

„Du meinst eingebildet, überheblich, verwöhnt und zickig?"

„Ja."

Leo schaut mich mit einer hochgezogenen Augenbraue an.

„Okay. Womöglich ist sie doch eingebildet, überheblich, verwöhnt und zickig", sage ich schnell. „Aber vielleicht ist sie noch mehr als das?"

„Du meinst selbstsüchtig, kratzbürstig und miesepetrig?"

„Nein. Ich meine, vielleicht ist sie auch etwas unsicher, traurig und – und einsam."

Leo blättert ein paar Seiten vor.

„Hier!" Sie hält mir mein Tagebuch unter die Nase. „1. Juli dieses Jahres. Ist noch nicht sehr lange her. Hier hast du was über Sophie geschrieben." Sie fängt an zu lesen.

„Jaja!", unterbreche ich sie. „Ich erinnere mich noch."

„Und jetzt, was der Dieb über Sophie denkt:

Da hast du sogar bestimmt Recht. Diese Sophie benimmt sich wirklich die meiste Zeit über total daneben. Ihr dauerndes Gemecker und die schlechte Laune sind echt kaum zu ertragen.

Aber hast du dir mal darüber Gedanken gemacht, wieso sie das tut? Ich weiß ja auch nicht, aber meinst du nicht, dass sie vielleicht irgendwelche Probleme hat? Oder dass sie einfach unzufrieden sein könnte?

Ach, ich hab keine Ahnung! Ich werde aus dem Mädel einfach nicht schlau. Vielleicht ist sie ohne jeden Grund so, wie sie ist. Nämlich total bescheuert.

Glaubst du wirklich, Sophie würde sich selbst als bescheuert betiteln?" Leo schaut mich ungläubig an.

„Wahrscheinlich nicht. War 'ne blöde Idee. Sie mag ja auch keine Pferde. Da fällt mir was anderes ein!"

„Was denn?"

„Als ich vorhin in den Pferdestall gegangen bin, da ist mir Josh über den Weg gelaufen. Er hat sich reichlich seltsam benommen." Nachdenklich streiche ich über Tabus Einband.

„Schon vergessen? Josh ist ein Kerl. Die benehmen sich immer etwas seltsam." Leo schüttelt ihre blonden Stacheln.

„Schon möglich, aber ..."

„Glaubst du wirklich, er könnte was mit dem Verschwinden deines Tabus zu tun haben?"

„Keine Ahnung."

„Hm. Ich kenne meinen Cousin jetzt schon seit zwölf Jahren. Diese Zeit hat gereicht, um herauszufinden, dass er kein Unschuldslamm ist. Zutrauen würde ich es ihm jedenfalls."

„Aber was für einen Grund hätte er denn, mein Tagebuch zu stehlen?"

„Na dich!"

„Hä?" Ich laufe wieder rot an.

„Wie kann man am besten so viel wie möglich über jemanden erfahren, den man mag?"

„Vielleicht fragen?"

„Du vergisst, dass wir hier über einen Jungen sprechen. Glaub mir, Jungs ticken ganz anders als Mädchen. Ich habe drei Brüder. Ich bin Expertin auf diesem Gebiet."

„Dieser gemeine Fiesling."

„Jetzt bist du auf dem richtigen Weg!"

Und genau dieser richtige Weg führt Leo und mich kurze Zeit später wieder zurück zum Reiterhof.

„Na, endlich!", begrüßt uns Sophie bissig. „Ich dachte schon, du hättest mein Pferd entführt!"

Ohne auf Sophies Bemerkung einzugehen, bringe ich Aurora zum Stehen und steige ab. Leo allerdings reitet weiter.

„Wir sehen uns später", sagt sie. „Ich kann die Eiseskälte hier gerade nicht ertragen!" Sie streift Sophie mit einem Blick aus kleinen, schlitzigen Augen und reitet an uns vorbei zur Koppel.

Ich führe Aurora zur Tränke. Nachdem sie die Badewanne halb leer gesoffen hat, bringe ich sie zum Putzplatz. Dabei folgt uns Sophie wie ein Schatten.

„Das nächste Mal, wenn du ausreitest ...", fängt sie an, „... fragst du mich erst mal gefälligst um Erlaubnis, kapiert?"

Ich werfe Sophie einen kurzen Blick zu.

„Du brauchst mich gar nicht so blöd anzugucken."

Ohne auch nur ein Wort zu sagen, sattle ich Aurora ab. Dann schnappe ich mir Sattel und Zaumzeug. Ich klopfe Auroras Kruppe, während ich an ihr vorbei zur Sattelkammer laufe.

„Was fällt dir eigentlich ein, mich hier einfach so stehen zu lassen?", höre ich Sophies wütende Stimme hinter mir.

Als ich mit einem Putzkasten wieder rauskomme, steht Sophie dicht neben Aurora und streicht ihr sanft über die Nase. Unbemerkt bleibe ich stehen und beobachte sie.

Das ist echt seltsam. Jedes Mal, wenn Sophie sich unbeobachtet fühlt, versucht sie, Aurora näher zu kommen. Kaum ist jemand dabei, tut sie so, als würde sie Aurora nicht ausstehen können.

Wieso zum Teufel macht sie das? Hat sie Angst, dass jemand merken könnte, dass sie gar nicht so ein schlechter Mensch ist, wie sie vorgibt? Will sie denn nicht, dass man sie mag? Tja. Dafür ist es wohl zu spät. Denn es gibt da schon jemanden, der sie richtig gern hat. Und zwar Aurora.

Sophie lehnt ihren roten Schopf gegen Auroras Hals. Die stupst sie zärtlich an und schnaubt leise. Sophie schließt ihre Augen und lächelt selig vor sich hin. Ich schmunzle, drehe mich lautlos um und gehe zurück in den Pferdestall. Sofort streckt Marengo neugierig seinen Kopf aus dem Fenster.

„Weißt du was, Kumpel?", frage ich flüsternd, als ich vor ihm stehe und seine Nase streichle. „Vielleicht stimmt es ja tatsächlich, was in meinem Tagebuch steht. Womöglich ist Sophie doch nicht so blöd, wie alle vermuten."

9. Kapitel, in dem ich Verstecken spiele und schneller gefunden werde, als mir lieb ist

„Doch das ist sie! Und sie ist sogar noch viel blöder! Das Miststück raubt mir noch den letzten Nerv." Am nächsten Tag steht Leo wütend vor mir und stemmt die Hände in die Hüften.

„Was ist denn passiert?"

„Was passiert ist? Diese bescheuerte Kuh hat sich bei meinem Onkel über mich beschwert. Sie meinte, ich würde sie dauernd terrorisieren und so einen Schwachsinn. Aber der werd' ich es zeigen! Ich lasse mich von der doch nicht einschüchtern! Los! Hol schnell Aurora und lass uns ausreiten, bevor ich ihr noch über den Weg laufe und die Augen auskratze." Sie will schon aufsteigen, als ich eine Hand auf ihre Schulter lege.

„Äh, da gibt es ein kleines Problem", sage ich.

„Was denn für eins? Hast du seit gestern Nachmittag etwa vergessen, wie man reitet?"

„Das nicht. Aber ich muss Sophie jetzt jedes Mal um Erlaubnis bitten, wenn ich auf Aurora ausreiten will."

„Was?!" Leo reißt ihre Augen auf. „ Was ist denn das für ein Blödsinn?"

Ratlos zucke ich mit den Schultern.

„Dann nimmst du halt eins von den Schulpferden. Los! Wir fragen gleich mal meinen Onkel."

Auf dem Weg ins Büro kann sich Leo immer noch nicht beruhigen. „Diese Sophie ist doch echt das Allerletzte. Ich hasse sie!"

„Was hasst du? Dein Spiegelbild?“

„Wenn man vom Teufel spricht ...“, zischt Leo. Wir drehen uns um. Sophie grinst uns frech an.

„Ich würde es an deiner Stelle auch hassen, wenn ich jeden Morgen diese Fratze im Spiegel sehen müsste“, meint sie total abwertend.

„Komm, Pia. Lass uns schnell von hier abhauen, bevor ich mich noch vergesse und ...“

„Aber das wäre doch das Beste, das du tun kannst. Dich vergessen.“ Sophie schaut Leo hochmütig an.

Leo ballt wütend die Fäuste.

„Ganz ruhig“, flüstere ich ihr zu, worauf wir beide uns umdrehen und unseren Weg fortsetzen.

„Wo – wo willst du denn hin?“, will Sophie von mir wissen.

„Wir reiten aus! Was dagegen?“, antwortet Leo an meiner Stelle.

„Aber du musst dich noch um Auroras Box kümmern“, meint Sophie, ohne Leo zu beachten.

„Das kann ich auch noch später machen. Der Mist läuft mir ja nicht weg.“

„Jetzt!“

„Jetzt geht es aber nicht“, mischt sich Leo wieder ein.

Sophie verschränkt ihre Arme. „Du kannst gar nicht ausreiten!“, meint sie.

„Und wieso nicht?“

„Na, weil ich es nicht erlaube! Aurora gehört immer noch mir. Und sie bleibt hier! Habt ihr gehört?!“

„So, wie du hier rumschreist, hat es wahrscheinlich jeder gehört. Selbst mein Opa. Und der ist nicht nur taub, sondern auch seit fünf Jahren tot!“

„Oh!“ Sophies Gesichtszüge werden weicher. „Das mit deinem Opa tut mir echt leid!“, sagt sie mit ernster und trauriger Stimme.

Leo und ich tauschen verwirrte Blicke aus.

„Danke“, erwidert Leo total verunsichert über so viel aufrichtiges Mitgefühl seitens Sophie.

Sophie ist wie ein Überraschungsei. Man weiß einfach nie, was drinsteckt und zum Vorschein kommt.

„Das ist echt nett von dir.“ Leo schaut Sophie plötzlich gar nicht mehr so böse an.

„Schon gut.“ Sophie wird unruhig, so, als wüsste sie nicht, was sie mit so viel Freundlichkeit anfangen sollte. „Und trotzdem“, fängt sie schließlich wieder an. „Nur weil mir die Sache mit deinem Großvater wirklich leid tut, heißt das noch lange nicht, dass ihr jetzt mit Aurora alles tun und lassen könnt, was ihr wollt. Das eine hat mit dem anderem nichts zu tun. Aurora bleibt hier! Damit das klar ist!“

„Dann reite du sie doch!“ Leo wird wieder wütend. „Nur zu deiner Information: Eigentlich hatten wir gar nicht vor, Aurora mitzunehmen. Aber wieso eigentlich nicht?! Aurora ist schließlich ein Pferd, falls es dir entgangen ist. Und Pferde müssen bewegt werden! Und da du dich nun mal nicht traust, muss das halt jemand anderes übernehmen.“

Sprachlos steht Sophie da und starrt uns abwechselnd an.

Das hat gesessen. Aber Leo hat völlig recht. Pferde sind Lauftiere. Sie müssen sich regelmäßig auslaufen. Sonst fehlt ihnen was, und sie werden unausgeglichen, nervös und aggressiv – genau wie Sophie.

Nachdem ich Aurora schnell gesattelt habe, sitzen Leo und ich auf.

Leos Ansprache vorhin hat Sophie völlig die Sprache verschlagen. Sauer wie ein Liter Zitronensaft lehnt sie am Gatter vor der Weide und wirft immer wieder verstohlene Blicke in unsere Richtung.

Als Leo und ich die Pferde langsam in Bewegung setzen, dreht Sophie ihren Kopf demonstrativ in die andere Richtung und spielt das, was sie am besten kann: die beleidigte Leberwurst!

Ich presse meine Schenkel gegen Auroras Bauch. Sie geht in einen leichten Trab über und folgt Leo, die mit Sunny bereits den Waldeingang erreicht hat.

„Was guckst du denn so betröpfelt?“, fragt Leo, nachdem ich sie eingeholt habe.

„Ich hab irgendwie ein schlechtes Gewissen.“

„Doch nicht etwa wegen Sophie?“

„Doch.“

„Ach!“ Leo winkt ab. „Vergiss die blöde Kuh. Denk lieber an Aurora. Schau, wie sie den Ausritt genießt.“

Leo hat vollkommen recht! Ich verscheuche Sophie aus meinen Gedanken und galoppiere an. Auch Sunny fällt in einen schnellen Galopp. Und eh ich mich versehe, liefern Leo und ich uns ein freundschaftliches Wettrennen durch den Wald.

„Ich habe mir gestern alles noch mal ganz genau durchgelesen“, meine ich leicht außer Atem, als wir wieder langsamer werden.

„Du meinst dein Tagebuch und die Kommentare? Und?“

„Und da stehen ein paar richtig gute Sachen drin. Tipps und Ratschläge, verstehst du? Wie ich zum Beispiel besser mit der Trennung von meinem Vater klarkommen könnte. Ich gebe es zwar nicht gerne zu, aber der Dieb ist mir inzwischen echt sympathisch.“

„Was?“

„Du hast richtig gehört."

„Damit ist es amtlich! Du bist total durchgeknallt."

„Weißt du, Leo, ich hab das Gefühl, dass derjenige, der die Kommentare in mein Tagebuch geschrieben hat, mich total versteht. Und nicht nur das. Es geht ihm teilweise genauso wie mir. So 'ne Art Seelenverwandtschaft."

„Seelenverwandtschaft?", wiederholt Leo und prustet drauflos wie verrückt.

„Was ist denn so komisch?"

„Nimm es mir nicht übel, Pia", Leo lacht immer noch. „Aber du musst doch auch zugeben, dass der letzte Satz, denn du gerade von dir gegeben hast, ein bisschen lächerlich geklungen hat."

„Finde ich gar nicht!"

„So. Vielleicht sollten wir noch eine dritte Meinung einholen. Schau mal, da hinten reitet Josh. Lass uns fragen, was er von dem ganzen Seelenverwandtschaftszeug hält."

„Das machst du nicht!"

Mist! Das ist genau der Grund, weswegen ich normalerweise alles meinem Tagebuch anvertraue und keinem Menschen. Sobald man ihnen irgendetwas anvertraut, erzählen sie es weiter.

„Hör auf, Leo!"

„Jetzt mach dir nicht gleich in die Hose. Für wen hältst du mich eigentlich? Glaubst du etwa, dass ich sofort losrenne und es jedem auf die Nase binde, sobald du mir etwas sagst?" Leo schaut mich enttäuscht an. „So etwas tun Freundinnen nicht. Und jetzt, wo ich endlich eine Freundin habe, will ich es mir doch nicht gleich wieder mit ihr versauen!" Ihr verletzter Blick macht mir ein schlechtes Gewissen. Ich will mich gerade bei ihr entschuldigen, als sie mir zuvorkommt.

„Schluss jetzt damit! Wir haben schließlich einen Fall zu lösen.

Und dahinten ist einer unserer Verdächtigen. Auf geht's! Quetschen wir ihn aus wie eine heiße Zitrone!", sagt sie und reitet voran.

„Hi, Josh", begrüßt ihn Leo, als wir bei ihm ankommen.

„Hallo", erwidert er mit einem raschen Seitenblick zu mir.

„Was stehst du denn hier so rum? Hast du dich etwa verirrt?"

„Nein. Olli und ich veranstalten mit ein paar anderen vom Reiterhof eine kleine Schnitzeljagd. Dauert hoffentlich nicht mehr lange, bis mich die Ersten endlich finden. Ich habe nämlich gar keine Lust mehr." Er schaut sich prüfend nach allen Seiten um. Leo zwinkert mir unbemerkt zu.

„Sag mal, Josh", beginnt sie ernst. „Kannst du eigentlich lesen?"

„Hä?", machen Josh und ich wie aus einem Mund.

Was zum Kuckuck ist denn in Leo gefahren? Was ist das bloß für eine bescheuerte Frage? Und wie, um Himmels willen, soll die uns nur bei unseren Ermittlungen weiterhelfen?

„Was Leo eigentlich wissen wollte, ist, ob – ob – na ja – ob du gerne liest."

„Wieso?"

„Na, weil sie eine Geschichte geschrieben hat und gerne wissen würde, ob sie auch wirklich gut ist."

Bevor Josh etwas darauf erwidern kann, taucht auf einmal Monika auf. Dicht gefolgt von Julia. Beide galoppieren Kopf an Kopf auf uns zu.

„Ich hab gewonnen!", ruft Monika schließlich freudestrahlend, als sie nur einen Hufschlag vor Julia bei uns ankommt. „Ich hab dich als Erste gefunden. Na? Was ist der erste Preis?" Sie himmelt Josh an, ohne Leo und mich auch nur im Geringsten zu beachten. „Gibst du mir ein Eis aus?"

Josh zuckt mit den Schultern. „Von mir aus."

Meine Augen ziehen sich plötzlich zu schmalen Schlitzen zusammen, und meine Lippen pressen sich ganz fest aufeinander. Wieso verliere ich die Kontrolle über meine Gesichtsmuskulatur? Am liebsten würde ich mir jetzt ein paar kleben, um meine verspannten Muskeln zu lockern. Doch das würde bei den anderen bestimmt nicht besonders gut ankommen.

Um weiteren Verkrampfungen und Verspannungen vorzubeugen, verabschiede ich mich kurzerhand von der Truppe und mache mich mit Leo im Schlepptau aus dem Staub.

Langsam, aber sicher erlange ich wieder die totale Kontrolle über mich und mein Gesicht.

Auf dem Rückweg zum Reiterhof schaue ich Leo von der Seite an.

„Kannst du lesen?", wiederhole ich ihre blöde Frage von vorhin.

„Ich finde, dass es eine sehr wichtige Frage ist."

„Findest du?"

„Ja. Stell dir vor, der Kerl kann gar nicht lesen. Dann ist jede weitere Frage bloß reine Zeitverschwendung."

„Und was wäre deine nächste Frage, du Profidetektiv? Etwa: Kannst du schreiben?"

„Genau!"

„Vielleicht sollte ich ab jetzt die Fragerei übernehmen. Die Aktion gerade mit Josh ist nämlich mächtig in die Hose gegangen. Wir haben keinen blassen Schlimmer, ob er etwas mit Tabus Verschwinden zu tun hatte oder nicht."

„Dafür wissen wir etwas anderes."

„Und zwar?"

„Dass Monika echt in Josh verknallt ist. Hast du gesehen, wie sie ihn angehimmelt hat?"

„Wussten wir das nicht schon vorher?“

„Das ist richtig! Aber wir waren uns nicht sicher, ob er nicht vielleicht auch in sie verknallt ist.“

„Waren wir nicht?“

„Nein! Aber jetzt! Sind das nicht richtig gute Nachrichten, Pia?“

„Ich weiß nicht, worauf du hinauswillst, Leo.“

„Ach, wirklich nicht?“, sagt sie mit einem schelmischen Grinsen, als wir auf dem Reiterhof ankommen.

Was sollen denn diese Anspielungen? Ist mir doch egal, ob Josh in diese Monika verknallt ist oder nicht. Ich mag ihn doch gar nicht. Ach, was sage ich da? Ich kann ihn nicht ausstehen! Oder etwa doch? Na gut. Vielleicht ist er mir nicht ganz unsympathisch. Okay! Ich find ihn ganz nett. Aber ich bin auf gar keinen Fall eifersüchtig auf Monika. Oder auf irgendein anderes Mädchen. Josh kann quatschen mit wem er will, wann er will und so oft er will! Das alles ist mir total schnuppe!

Was mir allerdings ganz und gar nicht Schnuppe ist, ist die Tatsache, dass Leo sich schon so früh vom Acker machen will.

„Wo willst du denn hin?“

„Nach Hause. Ich will noch etwas Zeit mit meinem Bruder verbringen. Er fährt doch morgen schon weg“, sagt sie ganz traurig.

„Verstehe. Sehen wir uns denn danach?“

„Klar! Ich hol dich ab. Ciao!“

Während ich Leo zum Abschied winke, überlege ich, was ich machen soll. Ich könnte ja auch nach Hause fahren. Nee. Meine Mutter ist ohnehin entweder mit ihrer Arbeit beschäftigt oder sie klebt an Salvatores Lippen. Igitt! Mich schüttelts.

Hier bleiben möchte ich aber auch nicht mehr. Seit Leo und ich von unserem Ausritt zurück sind, bewacht Sophie Aurora wie ihren Augapfel. Außerdem will ich heute auf gar keinen Fall mehr Josh über den Weg laufen. Der dürfte übrigens jede Sekunde wieder hier auf dem Reiterhof auftauchen. Natürlich gefolgt von seinem größten Fan. Monika. Schon beim bloßen Gedanken an die beiden verkrampft sich langsam wieder mein Gesicht.

Ich weiß, was ich mache.

Ohne großartig darüber nachzudenken, schwinge ich mich auf mein Fahrrad und mache eine gemütliche Spazierfahrt durch den Wald in die Stadt.

Als ich eine halbe Ewigkeit später endlich dort eintreffe, stelle ich mein Fahrrad ab und laufe.

Es ist mir noch nie so richtig aufgefallen, aber das kleine Städtchen ist echt nett. Hier gibt es neben zwei Boutiquen und einem Lebensmittelladen eine kleine Stadtbücherei, ein kleines Restaurant, eine kleine Apotheke, eine kleine Eisdiele, einen süßen Josh, eine kleine Bäck ... Was war das eben? Ein Josh?! Ich schaue schnell zurück. Tatsächlich. Meine Augen haben sich nicht getäuscht. Direkt vor der Eisdiele steht Josh. In der Hand ein riesiges Eis und auf den Lippen sein freches Grinsen.

Was macht der denn hier? Er war doch gerade noch nicht einmal von seiner Schnitzeljagt zurückgekehrt und jetzt ist er schon hier? Wahrscheinlich schwirrt Monika auch irgendwo hier herum und wartet auf ihr versprochenes Eis. Ich schaue mich suchend nach ihr um. Doch ich kann sie nirgends entdecken.

Oh, nein! Er kommt direkt in meine Richtung. Während Josh schlendernd sein Eis nicht nur mit seiner Zunge, sondern auch mit seinen Augen verschlingt, nutze ich blitzschnell die erstbeste Gelegenheit, um in Deckung zu gehen.

„Pia? Sag mal, was machst du da?“

So ein Mist! Er hat mich entdeckt. Ich war noch nie besonders gut im Verstecken spielen. Als ich das letzte Mal Verstecken gespielt habe, da hab ich mich in unserer alten Wohnung hinter der Pflanze im Wohnzimmer versteckt. Die Pflanze war ungefähr fünf Zentimeter hoch und steckte in einem kleinen roten Blumentopf, den ich vor mein Gesicht gehalten habe. War kein besonders gutes Versteck. Genau wie dieses jetzt.

„Das ist mein Fahrrad“, stellt Josh klar.

Ich hätte mir ja eigentlich gleich denken können, dass man sich hinter einem Fahrrad nicht besonders gut verstecken kann. Vor allem dann nicht, wenn das Fahrrad der Person gehört, vor der man sich verstecken möchte.

„Schönes Fahrrad“, bemerke ich und schaue zu Josh hinauf.

„Ich weiß!“, erwidert er, während er mich skeptisch beäugt.

„Ich wollte nur überprüfen, ob du noch genug Luft in den Reifen hast.“ Ich drücke auf dem vorderen Reifen herum. Dabei komme ich irgendwie an das Ventil. Die Luft weicht aus dem Reifen.

„Jetzt nicht mehr!“, sagt Josh trocken, während sein Reifen immer schlaffer wird.

Ich versuche schnell zu retten, was zu retten ist, und drehe wild an dem Ventilverschluss herum. Als ich es endlich schaffe, das Ding zuzudrehen, ist die gesamte Luft leider schon draußen.

„Das – das wollte ich nicht“, sage ich mit einem schüchternen Lächeln. „Tut mir leid.“

„Mir auch. Vor allem, weil ich jetzt zu Fuß nach Hause muss“, meint er, während geschmolzenes Eis auf seine Turnschuhe tropft.

„Ist das das Eis, das du Monika versprochen hast?“, frage ich aus heiterem Himmel. Zugegeben. Es ist nicht sehr geschickt von mir, aber ich möchte unbedingt wissen, ob die beiden sich nun zu einem Eis verabredet haben oder nicht.

„Das? Das ist mein Eis“, erwidert er. „Und das esse ich ganz bestimmt alleine. Na ja, ich teile es mir nur mit meinen Turnschuhen.“ Er wirft einen Blick auf seine Vanilleschuhe. „Mein Versprechen habe ich aber trotzdem gehalten!“, versichert er mir. „Ich hab Monika einfach das Geld für ein Eis gegeben. Hm. Irgendwie schien sie nicht besonders begeistert gewesen zu sein. Mädchen! Egal was man macht, macht man verkehrt.“

Oder genau richtig!

Als ich eine knappe Stunde später nach Hause komme, sitzen Salvatore und meine Mutter im Garten und genießen die Abendsonne.

Plötzlich klingelt das Telefon.

„Das ist bestimmt Papa!“, rufe ich voller Vorfreude und eile zum Telefon.

„Hallo, Papa!“, rufe ich in den Hörer.

„Wenn überhaupt, dann werde ich erst einmal Mutter. Und wenn das gut klappt, versuche ich mich als Vater“, ertönt Leos Stimme.

„Ach, du bist es.“ Enttäuscht schlurfe ich mit dem Hörer am Ohr ins Wohnzimmer und lasse mich in den Sessel plumpsen.

„Schön, dass du dich so über meinen Anruf freust.“

„War nicht so gemeint, wie es geklungen hat. Ich hab nur gehofft, dass es jemand anderes ist.“

„Dein Vater?“

„Scharfe Schlussfolgerung, Dr. Watson.“

„Mit deinem Vater kann ich zwar nicht dienen, aber wie wäre es mit dem geheimnisvollen Dieb?“

„Du weißt, wer es ist?!“

„Noch nicht. Aber bald. Ich habe nämlich einen genialen Plan, wie wir ihn endlich überführen und entlarven können.“

„Ich bin ganz Ohr."

„Pass auf. Es ist eine richtig, richtig gute Idee! Super simpel, aber mit Sicherheit effektiv!"

„Jetzt spann mich nicht so auf die Folter."

„Wir legen dein Tagebuch als Köder aus. Na, was sagst du dazu?"

„Da stellt sich mir nur noch eine Frage."

„Schieß los!"

„Wer von uns beiden ist jetzt wohl die Verrückte, hä?"

10. Kapitel, in dem ich mich auf die Lauer lege und eine Überraschung erlebe

„Das mache ich nicht! Auf gar keinen Fall!"

„Jetzt stell dich doch nicht so an, Pia", meint Leo flüsternd, aber bestimmt, während sie sich immer wieder verstohlen im Pferdestall umschaut. „Willst du nun wissen, wer dein Tagebuch geklaut, reingekritzelt und wieder zurückgelegt hat oder nicht?"

„Doch, aber nicht um jeden Preis", antworte ich und drücke Tabu ganz fest an meine Brust.

„Komm schon. Vertrau mir. Ich weiß genau, was ich tue. Außerdem ist es jetzt für einen Rückzieher sowieso zu spät. Ich habe nämlich schon längst das Gerücht in die Welt gesetzt, dass du wieder dein Tagebuch verloren hast. Und glaub mir! Der, der es schon einmal hatte, wird bestimmt wissen, wo er zu suchen hat."

„Na schön. Aber damit du es weißt: Ich finde die Idee immer noch total bescheuert. Und wenn Tabu auch nur eine einzige Seite gekrümmt wird ..." Ich schaue Leo ganz ernst und aus schmalen Schlitzen an. „... Dann – dann – dann fange ich an zu heulen! Ist das klar?!"

„Das glaube ich dir ungesehen", meint Leo grinsend. Sie nimmt mir Tabu aus den Händen und legt es in Auroras Box.

„Lass uns jetzt abhauen."

„Einen Moment noch." Ich bücke mich, gleite mit den Fingern sanft über Tabus Deckblatt und bedecke ihn mit etwas Stroh.

„Was treibst du da? Deckst du dein Tagebuch zu, damit es nicht friert, oder was?“

Ohne auf Leos Bemerkung einzugehen, lege ich noch eine Handvoll Stroh auf Tabu.

„Super! Du hast dein Tagebuch jetzt so vergraben, dass man es gar nicht mehr sehen kann!“

Ich klopfe Auroras Hals und lehne meinen Kopf an ihre starke Schulter. „Pass gut auf mein Tagebuch auf, ja?“ Sie schnaubt leise.

In der leeren Box gleich nebenan legen Leo und ich uns dann auf die Lauer. Eine geschlagene Stunde sitzen wir nur da und langweilen uns halb zu Tode. Mit jeder Minute werden meine Augen müder und müder. Immer wieder fallen sie von alleine zu.

Plötzlich tut sich etwas. Ich höre Schritte näher kommen. Von einer Sekunde auf die andere bin ich hellwach. Leo und ich wechseln schnell einen Blick, bevor ich wie gebannt in den Spiegel an der Decke starre, den Leo vorhin angebracht hat, damit wir sehen können, was in Auroras Box passiert. Doch der Winkel ist so blöd, dass ich nichts außer einem Paar Schuhe und Auroras Hinterteil erkenne.

Ich mache meinen Mund auf, um Leo etwas zuzuflüstern. Bevor ich jedoch auch nur einen einzigen Laut von mir geben kann, hält sie mir den Mund zu und schüttelt kräftig ihren kurzen Schopf. Sie nimmt wieder die Hand von meinem Mund. Ich deute auf den Spiegel. Dann auf meine Augen. Ich sehe nichts, formen meine Lippen die Worte lautlos.

Leo nickt. Anscheinend hat sie mich verstanden. Sie winkt mir zu. Mucksmäuschenstill schleichen wir uns aus unserem Versteck.

„Erwischt!“, ruft Leo, als wir eine Sekunde später vor Auroras Box stehen.

„Du?!" Meine Augen werden riesengroß und mein Kinn klappt nach unten.

„Seid ihr total übergeschnappt?", faucht Josh, während er hastig nach Luft schnappt. In der einen Hand hält er Tabu und die andere ruht auf seiner linken Brustseite. „Seit ihr völlig durchgeknallt? Ihr habt mich fast zu Tode erschreckt! Ich hätte beinahe einen Herzinfarkt bekommen."

„Dann weißt du ja jetzt, wie ich mich gefühlt habe, als du mir das erste Mal mein Tagebuch gestohlen hast."

„Als ich was?!"

„Du hast ganz richtig gehört!" Leo stemmt die Hände in die Hüften.

„Und ich hab dir auch noch alles erzählt." Enttäuscht schüttle ich meinen Kopf. „Und was machst du? Stempelst mich als Lügnerin ab und spielst den Eingeschnappten!"

„Ihr habt sie doch nicht mehr alle!"

„Was ist denn hier los?" Zusammen mit einer Freundin steht Ellen direkt neben mir und mustert uns neugierig nacheinander. Ich schaue von Ellen auf Josh und wieder zurück. Und plötzlich fällt es mir wie Schuppen von den Augen.

Ellen! Natürlich. Sie hatte wie kein anderer die Gelegenheit, ungestört in meinem Rucksack rumzuwühlen. Klar! Der Nachmittag, an dem sie über meinen Ranzen gestolpert und sich der Länge nach auf den Boden gelegt hat. Ich hab ihn ihr doch noch selbst gegeben, damit sie ihn in die Sattelkammer bringt. Wie konnte ich das bloß vergessen? Man bin ich bescheuert!

„Ellenwars", nuschle ich so unauffällig wie nur möglich in Leos Richtung.

„Was?"

„Ellenwars", wiederhole ich, worauf mich alle anstarren, als wäre ich ohne die richtigen Medikamente aus der Irrenanstalt entlassen worden. Ich ziehe Leo zur Seite. Leise erkläre ich ihr alles.

„Bist du sicher?", fragt sie, als ich fertig bin.

„Glaube schon", erwidere ich und gehe wieder zu den anderen. „Hä? Wo – wo ist denn Ellen und ihre Freundin?", frage ich Josh verblüfft, als ich sie nirgends entdecken kann.

„Weg", entgegnet er. Dabei schaut er mich immer noch so an, als ob ich nicht mehr alle Tassen im Schrank hätte.

„Wie weg? Wieso hast du sie so einfach gehen lassen?", regt sich Leo auf.

„Wieso nicht?"

„Boa! Du bist doch echt zu nix zu gebrauchen!"

„Was macht ihr hier für einen Lärm?"

Sophie! Auf die hab ich jetzt wirklich keinen Nerv!, denke ich und schaue zum Ausgang in der Hoffnung, dass Ellen wieder auftaucht.

„Das geht dich nichts an! Los, verzieh dich!", faucht Leo Sophie an.

„Das hättest du wohl gerne. Ich bleibe hier!" Sophie verschränkt ihre Arme vor der Brust. „Was ist das?", will sie dann von Josh wissen, als sie das schwarze Buch in seinen Händen entdeckt.

„Keine Ahnung. Irgendein bescheuertes Buch, dass es anscheinend wert ist, einen zu Tode zu erschrecken."

„Lass mal sehen." Sie streckt ihre Hand danach aus.

„Finger weg!" Leo schubst sie beiseite.

„Hey! Was soll das?" Sophie schubst zurück.

„Na warte! Dir werde ich es zeigen, du blöde Kuh!", schnaubt Leo vor Wut und geht auf Sophie los. Sie zieht sie an den Haaren, wirft sie auf den Boden und schmiert ihr Gesicht mit Stroh und Sand ein. „Das hätte ich schon längst tun sollen!“

Doch das lässt sich Sophie nicht so einfach gefallen. Sie schubst Leo von sich runter, schmeißt sich auf sie und drückt sie ganz fest auf den Boden.

„Hört auf!“, mische ich mich ein und gehe dazwischen. „Dafür haben wir jetzt keine Zeit!“, ermahne ich Leo. „Wir müssen Ellen finden, bevor sie noch abhauen kann.“ Im Eifer des Gefechts werde ich von beiden zu Boden gerissen. Auf allen vieren gelingt es mir, unversehrt zu entkommen. Hilflos schaue ich Josh an. Er drückt mir Tabu in die Hände und macht sich ans Werk.

Eine Minute später hat er die Streithennen endlich auseinanderbekommen.

„Was soll der Kindergarten hier?!“, will Josh von beiden wissen.

„Brüll hier gefälligst nicht so rum!“, ermahnt ihn Sophie. „Du machst Aurora ja ganz verrückt damit.“ Besorgt schaut sie zu ihrem Pferd.

„Seit wann sorgst du dich denn so um Aurora, hä?“, gibt Leo kampflustig von sich. „Sonst war sie dir doch auch total egal.“

„Das stimmt nicht!“, erwidert Sophie. „Sie war mir nie egal“, gibt sie kleinlaut zu. „Genauso wenig wie es mir jetzt egal ist, dass ihre Box wieder so dreckig ist.“ Sie schaut mich wütend an.

„Wenn dir die Box zu dreckig ist, dann mach sie doch sauber, du kleine verwöhne Zicke!“, platzt Leo wieder der Kragen.

„Das geht jetzt nicht.“ Sophie streicht sich ihr zerzaustes Haar aus dem Gesicht und betrachtet seelenruhig ihre kiwigrünen Nägel, so, als wäre nichts gewesen. „Ich habe mir vor einer knappen Stunde die Nägel lackiert. Ich will sie mir doch nicht beim Ausmisten wieder versauen.“ Sie spitzt ihre Lippen und wiegt ihre Hand langsam hin und her, während sie ihre Nägel anpustet. Mein Augen wandern mit ihren Händen mit.

Moment mal.

Ich schlage Tabu auf und blättere ihn schnell Seite für Seite durch.

„Hab ich es doch geahnt!“ Ich halte Leo mein Tagebuch vor die Nase und tippe auf den grünen Fleck auf einer der Seiten. Leo schaut von dem Fleck auf Sophies Nägel und wieder zurück. Dann schnappt sie sich Sophies Hand, zieht sie zu sich und hält sie ganz nah an den Fleck im Tagebuch.

„Hey!“, faucht Sophie. Sie versucht sich loszureißen, doch Leo hat ihre Hand fest im Griff.

„Lass mich los, du kleines Miststück!“, schimpft Sophie.

„Besser ein Miststück als eine verlogene Diebin!“ Leo lässt Sophie wieder los. Sofort zieht die ihre Hand zurück und umklammert ihr Handgelenk.

„Diebin? Was soll das heißen?“

„Genau das, was ich gesagt habe, du Diebin!“

„Das muss ich mir wirklich nicht anhören!“ Sophie pustet sich eine rote Locke aus der Stirn, streicht ihre dreckigen Kleider glatt und will verschwinden. Doch sie kommt nicht weit, denn Leo stellt sich ihr in den Weg. „Wohin so eilig?“, flötet sie mit gespielt zarter Stimme.

„Ich bin dir ja wohl keine Rechenschaft schuldig!“

„Aber mir!“, sage ich, worauf sich alle Augen im Stall wieder auf mich richten. „Wieso hast du das getan, Sophie? Wieso hast du mein Tagebuch gestohlen?“

„Du siehst das ganz falsch! Ich hab dein blödes Tagebuch nicht gestohlen!“, sagt sie. „Ich – ich habe es gefunden.“

„Ja! In meinem Rucksack.“

„Nein! Deinen Rucksack habe ich nicht angefasst.“

„Dann ist mein Tagebuch wohl von alleine herausspaziert, was?“

„Ich habe das Buch in Auroras Box gefunden. Es lag im Stroh. Und das ist die Wahrheit!“

„Wieso hast du es dort nicht liegen lassen? Du wusstest doch, dass es nicht dir gehört.“

„Ich wusste nicht, dass es dir gehört. Na ja, bis ich es aufgeschlagen habe.“

„Und wieso hast du es mir dann nicht sofort wiedergegeben?“

„Weil ich beim Rumblättern zufällig auf eine Stelle über mich gestoßen bin. Deswegen.“ Sie schaut mich plötzlich ganz traurig an. „Ich wollte erst wissen, was du über mich geschrieben hast. Aber ich kam nicht mehr dazu, es zu lesen, weil du so schnell wieder aufgetaucht bist, um Auroras Box auszumisten. Na ja, da hab ich dein Buch ohne zu überlegen einfach unter mein T-Shirt gepackt und mich schnell vom Acker gemacht.“

„Dann hattest du gar nicht deine Tage“, murmle ich. Sophie und die anderen schauen mich verwirrt an. „Nicht so wichtig“, tue ich es schnell ab. „Ich glaube, ich weiß, wann das Ganze passiert ist.“

„Glaub mir, ich hatte nicht vor ...“

„Schon gut, Sophie“, unterbreche ich sie und schaue auf das Tagebuch in meinen Händen. Sofort fallen mir all die Gemeinheiten ein, die ich über Sophie geschrieben habe. Ich bekomme ein ganz schlechtes Gewissen. Ich hatte kein Recht, solche Dinge über sie zu schreiben. Ich kannte sie doch überhaupt nicht. Ich meinte bloß, sie zu kennen. Aber das war falsch.

Ich schaue Sophie schuldbewusst an. Wie ein Häufchen Elend steht sie da. Ihr Blick wandert von mir über Leo zu Josh und wieder zurück. Und urplötzlich füllen sich ihre Augen mit Tränen. Sie wendet sich ab und schaut zu Aurora.

„Deine Krokodilstränen kannst du dir sparen!“, zischt Leo, während Aurora im Hintergrund ganz unruhig wird.

Ohne ein Wort zu sagen, presst Sophie ihre Lippen ganz fest aufeinander und wischt sich schnell die Tränen aus den Augen. Sie will verschwinden. Doch ich halte sie am Arm fest.

„Warte“, sage ich leise, fische ein Taschentuch aus meiner Hose und reiche es ihr.

„Es tut mir leid, Sophie.“ Sie schaut mich aus verheulten Augen an.

„Mir auch“, erwidert sie schließlich und heult drauflos.

„Was ist denn hier los?“ Leo schüttelt verwirrt ihren Kopf. „Hab ich etwa was verpasst? Wieso entschuldigst du dich bei ihr?“

„Dafür!“ Ich schlage eine Seite in meinem Tagebuch auf, auf der etwas über Sophie steht, und halte es Leo vor die Nase. „Wie würdest du dich fühlen, wenn jemand so etwas über dich geschrieben hätte?“ Leo überfliegt die Zeilen.

„Hm, so hab ich die ganze Sache noch gar nicht betrachtet.“ Sie wirft Sophie ein schwaches Lächeln zu. Sophie lächelt zurück.

„Also die Klopperei gerade war ja noch ganz lustig, Mädels“, meldet sich Josh etwas unsicher zu Wort. „Aber diese Gefühlsduselei jetzt macht mir Angst. Ich verschwinde!“ Beim Rausgehen wirft er mir einen vielsagenden Blick zu. Wer weiß, vielleicht täusche ich mich da aber wieder mal.

„Her damit!“ Leo reißt mir Tabu aus den Händen. „Da ihr beide schon drin rumgekritzelt habt, bin ich ja jetzt wohl an der Reihe!“

11. Kapitel, in dem sich alles aufhellt

„Guten Morgen, Pia", begrüßt mich meine Mutter eine knappe Woche später am Frühstückstisch. Ich strahle sie an.

„Bongiorno!", sagt Salvatore und schiebt sich ein Marmeladenbrot in den Mund. Dabei landet wieder mal die Hälfte auf seinem T-Shirt. Ich lache mir ins Fäustchen, während meine Mutter mir ein frisches Brötchen auf den Teller legt.

Salvatore schiebt das angebissene Brot auf seinen Teller, schaut auf sein Shirt, verzieht sein Gesicht zu einer komischen Grimasse und saugt die Marmelade von seinem sonnengelben T-Shirt.

Meine Mutter schüttelt Kopf. „Schatz, dafür haben wir doch eine Waschmaschine."

Ungestört Salvatore saugt weiterhin an seinem T-Shirt.

„Na schön! Wenn du das Wäschewaschen jetzt unbedingt übernehmen willst, hab ich nichts dagegen. Ich habe da übrigens noch eine richtig dreckige Jeans im Wäschekorb. Na, was meinst du, Schatz? Kriegst du die Flecken mit deiner Mundwaschmaschine auch sauber?"

„Iiich weiß niiicht", sagt er mit seinem charmant italienischen Akzent. „Iiich kann es ja gleich versuucken."

Ich muss über die beiden so laut lachen, dass mein ganzer Körper geschüttelt wird.

„Schön, dich wieder richtig lachen zu sehen", meint meine Mutter. „Ich freue mich, dass es dir besser geht."

Ich auch! Seit sich die Sache mit Tabu endgültig aufgeklärt hat, geht es mir tatsächlich viel besser. Es gibt nur noch eins, das mich nachdenklich macht. Und zwar Papa.

Er hat sich bereits seit fast zwei Wochen nicht mehr bei mir gemeldet. Langsam, aber sicher fange ich an, mir richtige Sorgen zu machen. Was ist bloß los mit ihm?

Vielleicht sollte ich mich doch bei ihm melden, statt darauf zu warten, dass er es endlich tut, so wie Sophie es mir in meinem Tagebuch geraten hat. Aber ich will ihn auf gar keinen Fall nerven oder stören. Bestimmt hat er gerade wieder sehr viel auf dem Reiterhof zu tun. Wenn er etwas von mir wollen würde, hätte er sich bestimmt längst gemeldet.

Mit einem Mal ist meine supergute Laune verflogen.

Betrübt beiße ich in das trockene Brötchen und schaue aus dem Küchenfenster.

„Was ist denn auf einmal los, mein Engel?" Meine Mutter legt ihre Hand auf meine.

„Ach, nichts", schwindle ich. Sie schaut mich an, als könnte sie in mich hineingucken. Und dann sagt sie plötzlich: „Er wird sich ganz bestimmt bald wieder melden."

„Bist du eine Hexe?"

„So ähnlich. Ich bin Mutter." Liebevoll streichelt sie über meine Hand. Ich zwinge mir ein schwaches Lächeln auf die Lippen.

Nachdem ich noch ein wenig auf meinem Brötchen rumgekaut habe, stehe ich auf und mache mich auf den Weg zum Reiterhof. In einer knappen Stunde bin ich nämlich mit Leo und Sophie verabredet Ja, richtig! Mit Leo und Sophie. Tja, wie ich bereits vermutet habe, ist Sophie gar nicht so bescheuert. Im Gegenteil. Sie ist richtig nett. Na ja, meistens jedenfalls. Das musste auch Leo zugeben.

Im Pferdestall erkenne ich schon von Weitem, dass Auroras Box offen steht. Davor steht ein Mädchen, dessen lange Haare zu einem Zopf zusammengebunden sind. Sie trägt eine dreckige Reithose und schwarze Reitstiefel, die abgesehen von dem Mist und Dreck noch ganz neu aussehen.

„Pia!“, ruft es mir freudig entgegen.

„Sophie?!“ Verblüfft reiße ich meine Augen auf. „Ich hab dich gar nicht erkannt.“

„Ich mich auch nicht.“ Lächelnd schaut sie an sich hinunter und zupft verlegen an ihrem rechten Hosenbein. Dann schaut sie etwas verunsichert auf.

„Komm, sei ganz ehrlich, Pia“, meint sie. „Wie sehe ich aus, hä?“

„Als hättest du gerade Auroras Box sauber gemacht.“ Ich strecke meine Hand aus und fische ein paar Strohhalme aus ihrem roten Haar. „Wo ist eigentlich Aurora?“, frage ich nach einem raschen Blick in ihre leere Box.

„Auf der Weide.“

„Wirklich? Ich habe sie gerade gar nicht gesehen. Wie ist sie denn dorthin gekommen?“

„Ihr sind Flügel gewachsen und sie ist hingeflogen.“ Auf einmal taucht Leo wie aus dem Nichts neben mir auf. „Na, was glaubst du wohl, wie sie dorthin gekommen ist?“

Ahnungslos zucke ich mit den Schultern.

„Sie ist gegangen.“

„Dass sie weder geflogen noch hingeschwommen ist, war mir schon klar, Leo.“

„Sophie hat sie auf die Weide geführt. Und das ganz alleine.“

Ich schaue Sophie verwundert an. Sie nickt stolz.

„Alle Achtung.“

Fünf Minuten später stehen auch Leo, Sophie und ich draußen.

Gemütlich lehnen wir am Gatter und beobachten die Pferde auf der Weide.

„Schaut euch mal den kleinen Casanova da an. Wie der um Aurora schleicht.“ Sophie und ich müssen lachen. Nur Leo schaut gedankenverloren in die Ferne.

„Was ist los mit dir?“

Leo atmet tief ein, schaut mich traurig an und meint: „Mein Bruder ist heute seit genau einer Woche weg. Und es kommt mir wie eine Ewigkeit vor.“

„Aber du hast doch noch drei andere Brüder“, versucht Sophie sie aufzumuntern.

„Die würde ich aber sofort für den einen eintauschen“, sagt sie augenzwinkernd.

„Aber er kommt doch wieder.“ Ich lege Leo tröstend eine Hand auf die Schulter.

„Ja, in elf Monaten oder so.“

„Ihr könnt euch doch besuchen.“ Sophie legt ihre Hand auf Leos andere Schulter.

„Oder du kannst dir die Zeit, bis Florian zurückkommt, mit ein paar netten Streichen vertreiben“, sage ich. „Da fällt mir ein: Wie ist eigentlich die Sache mit Sebastian ausgegangen? Na, du weißt schon. Das Juckpulver und die Mission Kopfkissenklau“, zitiere ich Leos Oma.

„Ein voller Erfolg!“ Leo nickt schadenfroh. „Unser Plan ist voll aufgegangen, und Sebastian ist, sich wild kratzend, untergegangen.“

Leo schaut von mir zu Sophie und wieder zurück. Und urplötzlich weicht die Schadenfreude und ein gequältes Lächeln erscheint stattdessen wieder auf ihrem Gesicht. Ich wette, dass sie wieder an ihren Bruder Florian denkt.

„Weißt du, was dich jetzt gaaanz sicher aufmuntern würde?" Sophie schaut Leo lächelnd an.

„Eine Fahrkarte nach Köln zu meinem Bruder?"

„Ein kleiner Reitausflug durch den Wald."

Leo denkt eine Sekunde lang nach. Ein Grinsen breitet sich auf ihren Gesicht aus.

„Weißt du was? Du hast Recht, Sophie!"

„Ich weiß. Das ist doch ein altbekanntes Sprichwort. Reiten am Morgen vertreibt Kummer und Sorgen", sagt sie, worauf wir alle anfangen zu lachen.

Plötzlich verstummt Leo wieder.

„Was ist denn jetzt schon wieder?" Ich schaue Leo besorgt an.

„Nichts. Es ist nur, dass das Reiten alleine nur halb so viel Spaß macht."

„Das ist vollkommen richtig! Und deshalb reitet Pia auch mit dir!", meint Sophie entschieden.

„Worauf?", erkundige ich mich. „Auf einem Besen?"

„Nicht doch, du Dummerchen. Auf Aurora selbstverständlich. Es sei denn du ziehst ihr einen Besen vor."

„Und was ist mit dir? Willst du nicht mitreiten?"

„Bist du des Wahnsinns?! Ich bin doch nicht lebensmüde!"

„Hast du etwa immer noch Angst vor Aurora?"

„Ach wo!" Sie winkt lässig ab. Leo und ich legen unsere Köpfe schief und grinsen Sophie an.

„Na gut! Ich hab Angst", gesteht sie. „Aber nur ein wenig." Wir schauen sie immer noch an. „Okay, vielleicht ein wenig mehr. Na gut! Ich mache mir vor Angst in die Hosen. Zufrieden?"

„Aber das ist doch nichts Schlimmes."

„Das sollen Jungs angeblich auch nicht sein. Und was ist? Sie sind's trotzdem!"

„Sie hat recht!“ Leo nickt eifrig.

„Was ist denn das für ein blöder Vergleich?“, will ich wissen.

„Echt, Mädels! Jetzt macht euch um mich keine Sorgen. Ich komme schon klar. Ich schließe in der Zwischenzeit Freundschaft mit diesem Pferdeopa hier.“ Zögernd streckt Sophie Marengo ihre Hand entgegen.

Eine halbe Stunde später sitzen Leo und ich auf unseren Pferden. Sophie hingegen steht immer noch an der Koppel. Neben ihr Marengo, der sie aufs Genauste beschnuppert. Unsicher und leicht verängstigt lässt Sophie ihn gewähren. Wir verabschieden uns von ihr und reiten los.

„Ich glaube, mit mir stimmt was nicht“, meint Leo, als wir im gemütlichen Schritt auf den Waldeingang zureiten.

„Wieso? Was meinst du?“

„Ich vermisse meinen Bruder so sehr, dass ich schon glaube, seine Stimme zu hören. Fehlt nur noch, dass ich anfange, ihn zu sehen, und man kann mich in die Klapsmühle einliefern lassen. Oh nein! Hol schon mal die Zwangsjacke. Da hinten sehe ich ihn auch schon.“

„Dann werde ich mich wohl gleich mit dir einliefern lassen müssen.“

„Wieso das denn?“

„Na, weil ich deinen Bruder auch hören und sehen kann.“ Gleichzeitig schauen wir zu Florian hinüber, der uns freudig zuwinkt.

Leo schaut von mir zu ihrem Bruder und wieder zurück.

„Na los! Hau schon ab!“, sage ich, worauf sie mir eine schnelle Kusshand zuwirft und ihrem Bruder entgegenreitet. Ich schaue ihr etwas wehmütig hinterher. Dabei denke ich mal wieder an meinen Vater.

Was würde ich dafür geben, wenn er mich jetzt genauso überraschen würde wie Florian Leo! Hoffnungsvoll lasse ich meinen Blick einmal quer über den Reiterhof schweifen. Doch der Einzige, den meine Augen erspähen, ist nicht Papa, sondern Josh, der auf mich zugeritten kommt. Dabei habe ich mir in den vergangenen Tagen so viel Mühe gegeben, ihm bloß nicht über den Weg zu laufen. Das letzte Mal hab ich ihn gesehen, als ich ihn beschuldigt habe, mein Tagebuch gestohlen zu haben, und das ist echt peinlich!

Verlegen sitzen wir auf den Pferden und trauen uns kaum, uns in die Augen zu schauen.

„Ich ...“, fangen wir nach einer halben Ewigkeit gleichzeitig an.

„Du zuerst.“ Nervös fummelt er an Nettys Mähne herum.

„Nein. Du.“

„Ladys first.“

„Seit wann bist du so ein Gentleman?“

Josh zuckt mit den Schultern. „Es tut mir leid!“, platzt es schließlich aus ihm heraus.

„Was?“

„Na, dass ich so ein Riesentrottel war und dir die Geschichte mit deinem Tagebuch nicht abgenommen und dich als Lügnerin hab stehen lassen.“

Jetzt bin ich aber platt. Niemals hätte ich erwartet, dass Josh sich bei mir entschuldigt. Ich dachte, dass diese Gefühlsduselei nicht so sein Ding sei.

Bevor ich etwas darauf erwidern kann, meldet sich auf einmal mein Handy. In meiner vorderen Hosentasche brummt es wie verrückt.

„Entschuldige kurz.“ Ich krame mein Handy hervor. Eine SMS. Ich mache sie auf und falle vor Glück fast aus dem Sattel.

„Gute Nachrichten?“

„Hm.“ Ich nicke eifrig. „Mein Vater!“ Endlich hat er sich gemeldet. Sogar mit einer richtig guten Erklärung für die lange Sendepause. Und zwar gab es irgendwelche Probleme mit Madame Silicia. Ich solle mir keine Sorgen machen. Es sei alles wieder in bester Ordnung. Er ruft mich heute Abend an und erklärt mir alles. Da bin ich gespannt! Schnell verstaue ich das Handy wieder in meiner Hosentasche und schaue Josh lächelnd an. „Wo waren wir gerade stehen geblieben? Ach ja. Ich weiß es wieder. Ich bin keine Lügnerin, dafür bist du ein Riesentrottel, richtig?“

„Äh – genau.“ Nervös spielt er an der Mähne seiner Mustangstute herum. „Nimmst du meine Entschuldigung jetzt an oder nicht?“

„Hmm“, mache ich und lasse ihn noch etwas zappeln.

„Mensch, Pia! Wenn du diese Entschuldigung jetzt nicht annimmst, dann weiß ich wirklich nicht, was ich sonst noch machen kann, um es wieder gutzumachen.“

„Aber ich!“, verkünde ich, presse meine Schenkel gegen Auroras Bauch und reite los. Nach einigen Metern bleibe ich wieder stehen und drehe mich zu Josh um.

„Na, was ist? Kommst du?“